KB141697

먼 데서 들리는 소리

정학 시집

먼 데서 들리는 소리

초판 1쇄 찍은날 2017년 4월 5일
초판 1쇄 펴낸날 2017년 4월 8일

지은이 정 학

펴낸이 최윤정
펴낸곳 도서출판 나무와숲 | 등록 2001-000095
주 소 서울특별시 송파구 올림픽로 336 1704호(방이동, 대우유토피아빌딩)
전 화 02)3474-1114 | 팩스 02)3474-1113 | e-mail : namuwasup@namuwasup.com

ISBN 978-89-93632-61-3   03810

정 학 시집

먼 데서 들리는 소리

추천의 글

시인은 시를 써 남을 즐겁게 하지만 자기는 속으로 울고 있단다. 가슴이 너무너무 아파 피를 토하듯 뱉는 그 단어들, 그래서 시와 시인은 아름답다. 평생을 없는 사람, 아픈 사람, 그늘의 사람, 억울한 사람들과 함께 해온 학이형. 그래서 그는 늘 아팠다. 지금도 아프다. 형의 아프지만 봄을 기다리는 절규들을 마주하니 내 눈과 마음이 뜨거워 녹는다.

윤덕홍 전 교육부장관

정학 선생의 시에는 유독 자연 이름이 많다. 달빛, 봄, 들꽃, 섬, 민들레 등. 시인에게 자연이 없다면 시도 없을 것이다. 정 선생은 유난히 자연과 생명을 사랑했다. 소록도 사람들을 위해 '참길회'를 만들어 30여 년 동안 그들과 함께하면서 우리에게 생명의 귀중함을 일깨웠으며, 우리 시대의 질곡에서 가슴 아파 하다가 그 자신이 암에 걸렸지만 투병을 통해 생명을 다시 세울 수 있었다. 정선생이 시에 남긴 '생명이 죽음을 이기고 일어서는 봄'에 이 시집을 권한다.

최 열 환경재단 대표

선생님은 평생 참길을 추구하셨습니다. "밝을수록 차가워지는 달빛처럼!" 선생님은 언제나 참길을 걸으셨습니다. "들판을 거쳐오는 오랜 바람처럼!" 어느덧 참길은 선생님입니다. "궁중 뜨락에 떡하니 내려앉은 나라꽃 민들레처럼!" 마침내 저도 참길 위에 섰습니다. 두려움을 온전히 거두어 가는 것은 시나브로 저의 용기가 된 참길, 선생님입니다.

이재용 전 환경부 장관

1970년 선생을 처음 만나 인생의 참길을 발견하였고, 그 후로도 그의 삶을 지켜보면서 그가 광야의 사람임을 느낄 수 있었다. 그는 평생을 가난하고 소외받는 이웃들과 의를 실현하기 위해 핍박받는 사람들, 그리고 같은 인간들로부터도 멸시와 천대를 받는 소록도의 한센병 환자들과 함께했다. 이 시대 강도 만난 이들과 함께 웃고 울고 함께 뒹굴며 희망을 노래하고 정의를 설계하는 것이 그의 삶의 전부였다. 이 시집에는 이러한 선생의 삶과 철학이 고스란히 녹아 있다.

문홍주 평화와통일을여는사람들 공동대표

오랜 믿음의 노래

구중서 _ 문학평론가

정학 시집《먼 데서 들리는 소리》에서 〈읽힌 적 없는 노래〉
가 서시처럼 읽힌다. "내 영혼의 수풀 어딘가에 / 아무에
게도 읽힌 적 없는 나의 시들이 아늑히 고여 잠든 연못이
하나 있다." 누구에게도 보이지 않은 영혼의 시들을 은
밀히 지니고 있으며, 밤 별빛 아래 안개 낀 연못을 찾아
거닐다 돌아온 그의 방에 막상 시들이 흩어져 있다는 것
은 내밀하고 유장한 넋을 느끼게 한다.

시가 이처럼 인간의 내면과 영원을 연결하는 낌새를 보
일 때 독자는 질리고 힘들어지기 쉽다. 그런데 정학의
시는 섬약하게 열에 들뜨는 상태가 아니고 태연히 마음
의 갈피를 정돈하며 멀리 가는 걸음으로 긴 시를 써 나
가고 있다. 이것은 그가 내심으로 자기 신뢰를 가지고
자기다운 결기로 하고 싶은 말이 많다는 뜻이다.

과연 70여 편의 시가 펼쳐지는 갈피에서 문단의 타성으
로는 생경해 보일 법도 한 혁명, 님을 위한 행진곡, 이런
어휘들이 나오고 또 다르게는 '작은 것들'에 대한 사순
절 묵상이 나오기도 해 다양하게 활력을 구사한다.

그러나 그의 시세계 전반에 기반이 되어 있는 것은 깊이와 유장한 정신의 거시적 안목이며, 또 하나의 특징은 빛과 생명의 다함없는 의지이다.

> 동트는 새벽 첫 빛을 받으며
> 언덕에 올라 눈을 감아 보라
> 멀리서 들리는 소리가 있다
> 태양을 이글거리게 하는 우주의 원음이
> 영원을 향해 증폭하는 소리다
>
>   - 〈먼 데서 들리는 소리〉에서

이것은 자연의 본성적 원천으로부터 일어나기 시작하는 소리이며 노래이다. 이것은 언어로 표현되기에도 앞서 있는 단계이지만 바로 시의 시작이다. 이러한 영혼의 감촉을 가지면서 이미 인간으로 살아가고 있는 일상의 의미는 또 무엇인가.

> 당신의 한 해는 위대했습니다.
> 당신을 위하여 태양은 하루도 거르지 않고 동녘에 떠올랐고
> 바람은 대륙의 산맥을 넘어 당신을 향해 불어왔습니다
> 계절은 때맞춰 그 모습을 바꾸어 당신의 눈을 빛나게 했습니다

당신을 만난 모든 사람들이 이웃이 있음을 알고 외롭지 않
았으며
그들과 더불어 보낸 당신의 삶은 그 이웃들의 보람이 되었
습니다
　　　　　　　　- 〈당신의 한 해는 위대했습니다〉에서

이 시는 시간과 공간 안에서 인간의 삶이 멈추어 있지
않고 생명 활동을 이루어 나아가는 일이 결코 평범한 것
이 아니고 장중하고 신비롭기까지 하다는 점에서 풍요
한 내용이다. 그러면서 또 인간의 삶은 홀로가 아니고
더불어라는 점에서 형제애의 소중함까지 말하고 있다.
이만한 의미의 폭과 부피를 음미하면 시가 인간의 삶에
대해 굳이 더 세분해 생각하지 않아도 될 만하다.

그러나 빛이 있으면 어두움도 있듯이, 인간의 삶과 세계
의 현실에는 풍요와 형제애만 있는 것이 아니다. 빈곤이
있고 아픔이 있다. 그러나 이 어려움들을 애써서 극복하
는 데서 새로이 보람을 느끼며 살아가야 하는 것이 인간
의 영원한 운명이다.

이 땅 어머니 나라 한국에 특히 어려운 역사의 짐이 있다.
나이에 비해 늦게 첫 시집을 내는 정학의 삶에도 늘 무
거운 짐이 있었다. 그는 당대 사회의 민주화를 위해서
고투를 계속해 왔으며, 아울러 소록도의 외로운 인간 형
제들에게 사랑을 나누어 주려고 뜻있는 벗들과 더불어
평생 성의를 이어왔다.

이러한 삶을 사느라고 그는 오랜 세월 밤에 안개 낀 연못
가를 거닐면서 마음의 앙금들을 구슬로 빚어 닦으며 시
를 써서 은밀히 간직해 왔다. 그러면서 영원을 향해 증폭

하는 소리를 귀담아 들었다. 그가 시를 내보이는 일이 빠르고 늦은 것이 문제되지 않는다. 다 영원 속에 있는 일이니까.

> 자유와 평등
> 정의의 원탁에서
> 화평의 잔을 나눌 수 있는 날이
> 꼭 오리란 것을 굳게 믿는다
>   - 〈별을 보고 찾아가는 길〉에서

굳이 선언적 어투를 그는 내보인다. 이만큼 그의 희망은 믿음에 차 있다. 왜 아니겠는가. 이미 그 화평의 잔은 차려지고 있다. 어느 기성 정당이 주도하지 않았는데 시민 대중의 평화적 촛불 행렬이 오래된 군사쿠데타 잔재 정권을 물러나게 했다. 밤의 어둠도 고광도 전등으로 환하게 밝아진 세계에서 대규모 폭력의 악순환은 계속되고 있다.

이러한 시대 이 땅에서 거둔 촛불의 보람은 문화의 힘, 시의 힘이다. 영원으로 통하는 영혼의 힘이다.

그러나 아직도 마무리가 조심스럽다. 화평 즉 평화는 무엇인가. 그것은 종전이나 휴전이 아니고 억압 하의 침묵도 아니다. 평화는 오직 '정의의 구현'에서만 이루어진다. 그러므로 진리의 가치를 기준으로 하지 편의적 타협은 역사의 쇄신을 어렵게 한다.

사필귀정의 평화에 대한 믿음이 없는 이에겐 영혼이 없고 그는 시인도 아니다. 남달리 유장한 믿음을 지닌 이 시집이 오늘 소중한 이유이다.

아빠의 첫 시집이다, 알았재?

가늠할 수 없이 컸던, 그렇게 기억하고 싶은 어떤 천막에서 서커스 구경하고 나왔을 때, 뺨에 비가 한 방울 두 방울 떨어지기 시작했다. 아빠가 나를 안고 있어서 내 얼굴은 하늘을 향해 있었다. 흐릿한 공기 아래 사람들이 우르르 모여 스치던 모습이 어렴풋하다.

아주 오래전 일인데도 어느 날 문득 그 광경이 떠올라, 서른이 훨씬 넘어 아빠한테 한 번 물어본 적이 있었다. 나 어릴 때, 그러니까 품에 안을 수 있을 정도로 내가 어렸을 때, 아빠가 나 데리고 서커스 구경 간 적 있냐고. 혹시 그날 서커스 끝나고 나올 때 비 내렸었냐고. 정말 기억을 하고 계셔서 그랬는지, 아니면 그날따라 딸이랑 한 잔 하시다 기분이 좋으셔서 그랬는지, 아무튼 아빠는 그런 적 있다고, 니 말이 맞다고 하셨다. 내 기억도, 아빠 말도 다 맞았으면 좋겠다.

"머리말 제목은 '아빠의 첫 시집'이다, 알았재?! 얼른 적어라." 이렇게 짧은 한 마디로 아빠의 첫 시집 머리글을 적게 되었다. 부모님 댁에서 얻어와 뜰 가장자리에 무심

하게 꽂아준 영춘화가 막 피기 시작하고, 밀린 일들을
오늘도 계속 미루며 저녁 준비하다가 이렇게 덜컥.
글자 그대로, 이 시집은 '아빠의 첫 시집'이다. 어려서부
터 집안 이곳저곳엔 가끔 아빠의 메모 같은 글들이 있었
다. '뭐지?' 하면서 몇 번 봤던 것 같기도 하다.

하지만 기억은 매우 흐릿하다. 아빠 필체가 참 예뻤다는
느낌만 또렷할 뿐. 아, 어느 한여름, 벽을 바라보고 앉은
어두운 나무 책상에서 아빠가 뭔가를 적고 계셨던 모습
도 그림처럼 남아 있다.

아빠의 끝없는 이웃들께 감사드리며
정 은

이 시집은 오로지 경애하는 내 누이 소설가 구자명의
고집에서 나왔다. (생전의 구상 시인의 그늘에서 이루어진 우리
들의 특별한 가족관계는 말하면 길고 길다.)

몇 해 전 느닷없이 찾아온 암으로 입원실과 요양처에
누워 지낼 때, 병상에서 쓴 내 시들을 보고 나서다. 막상
책이 되어 나오니 자명 누이가 고맙다.

발문을 써주신 구중서 선생님께 깊이 감사드리며, 책을
꾸며 준 김의규 화백(누이의 남편)과 선뜻 이 시집을 출
판해 주신 도서출판 나무와숲 최헌걸 대표께도 감사드
린다.

2017년 초봄
정 학

차례

3부 통재通載

4부 소록도 일기

5부 항암일기

1부

읽힌 적 없는 노래

겨울 나무

마지막 겨울을 지나는 나무는
봄을 기다리지 않는다

바람이 불고
눈이 내려도
묵묵히 흔들리고 휘청거릴 뿐

말라가는 수액을 아낄 생각도 없고
껍질 안에 새 움을
숨겨놓지도 않는다

남녘을 찾아가는 새들이 잠시 머물 때도
다시 오라는 인사를 하지 않는다

꼭 남기고 싶은 이야기는
둥치 깊숙이 저미고 저며서
켜켜이 말아 둥글게 사려놓고
무심한 초부樵夫의 손길을 기다린다

마지막 겨울을 보내는 나무는
다시 오는 봄이 시답지 않다

귀거래 歸去來

마셔도 마셔도
남는 잔盞은
수의 자락에 감추고 간다

항시
밤보다 꿈이 길어
앗겨간 세월을 좇아
상두꾼은 운다

흥건한 달빛
적적한 산야
갈댓잎처럼
떨며 왔다

달빛

점점 더 밝아져
아침이 되지 않고
점점 더 어두워져
새벽이 되는

스스로 밝혀 스스로 있게 할 뿐
욕심내어 무엇을 자라게 하지 않는
햇빛처럼 뜨거워지지 않고
밝을수록 차가워지는
어둠 속의 빛
달빛

이글거리며 분출하지 않고
정지해서 멀어지는 빛
어두울수록
뚜렷해지는 빛으로 떠 있다가
빛 속에 스며
사라지는 빛

눈으로 볼 때보다
가슴으로 읽을 때
더 밝아지는 빛

신화로 덮여 있는 역사의 시작을
전설로 풀어주는 달빛 이야기

시골집 밤 뜨락에
오늘도 내려와 소곤거리는 빛

달빛
달빛의 소리

여름 나무

가을이면 떨굴 잎들을
짙푸르게도 가꾼다

어두운 땅 밑을 더듬어 내려가서
어렵게 얻은 자양(滋養)을
우듬지로 길어 올려

이글거리는 햇살을
온몸으로 받는다

오늘은
그 그늘에
묏새 몇 마리 바자니고 있다

읽힌 적 없는 노래

내 영혼의 수풀 어딘가에
아무에게도
읽힌 적 없는 나의 시들이
아늑히 고여 잠든 연못이 하나 있다

거기에 한 번도 이른 적 없지만
밤마다 나는 꿈길을 따라
그 수풀 속 연못을 찾아 나선다

자욱한 안개 속을 밤새워 헤매다가
후줄근한 몸으로 돌아온 아침이면
켜둔 채 떠난 촛불이 꺼진 방에
아무도 읽어주지 않는 시들이
흩어져 나를 맞는다

어떨 땐 바람이
그 숲 속의 안개를 걷어 와서
내 그리움의 유리창에 송글송글 맺혀서
앞뒤가 잘린 노래 마디를 알려주기도 하지만
대개는 별빛이
나를 그 수풀 속으로 데려가서
함께 연못을 찾으며 동무 해준다

숲 속에 울리는 새소리들의 메아리
철따라 피고 지는 꽃들의 향기
숲을 누비고 다니는
작은 짐승들의 은밀한 발자국 소리

달빛이 우련히 물든 하늘이
그 연못 바닥까지 내려와 잠든 밤이면
물속 고기떼들의 은비늘에 산비散飛하는 월광소나타

숲에서 만나는 이 모든 것들의 참이야기가
고스란히 스며 있는 그 수풀 속 작은 연못
그곳을 나는 아직 찾지 못했다

안개에 잠긴 숲이 길을 열어줄 때까지
그곳을 찾아 꿈길을 나서지만
꿈은 늘 밤보다 길어
잘린 자락만 너풀거리는 깃발을 들고
패잔병처럼 나는 마을로 돌아왔다

연못은 아직 깨우지 못했다
그 연못 속에 잠들어 있는 나의 시, 나의 노래를
언제쯤 내가 데리고 나올지는
나는 모른다 아무도 모른다

내 영혼의 수풀 그윽한 자리
누구에게도 읽힌 적 없는 나의 시들이
나를 기다리며 잠들어 있는 연못

그곳을 찾아 헤매다 두고 온 그리움들이
안개를 걷어오는 바람에 실려
마을을 내려와 내 창을 흔들면
언제나 나는 길을 나섰다

별빛이 가는 길을 밝혀주기도 하고
달빛이 숲속을 열어주기도 한다

길은 멀었고, 길은 험했고
추웠고, 외로웠고, 무서웠고
그래서 슬펐고, 그리고 몹시 아팠다

오늘밤도
나는 길을 나선다
자욱한 안개가 숲을 품고
찾아간 나를 깊이 안는다

바람과 느티나무

바람이 느티나무 잎을 떨구며 물었다
"겨울이 오면 추워서 어쩔래?"

느티나무가 바람에게 웃으며 대답했다
"봄바람이 와서 새 잎을 달아줄 거야"

이윽고 겨울바람이 매섭게 불어와서
앙상한 가지를 지나며 걱정스레 물었다
"어떻게 이 겨울을 맨몸으로 살 거니?"

느티나무가 숨찬 목소리로 빨리 말했다
"지나간 바람은 춥지 않아"

그 겨울 그 느티나무 밑에서
바람이 쌓아놓고 간 낙엽에 묻혀
작은 벌레들이 단잠을 자고 있었다

푸름이 넘실거리는 계절이 와서
느티나무도 우거져 늠름해졌다

매미가 느티나무 즙을 먹으며 물었다
"넌 이렇게 주기만 하고 무얼 먹고 사니?"

느티나무가 화들짝 놀라며 대답했다
"네 노래를 먹고 사는 거, 아직도 몰랐니?"

봄날은 간다

봄날은 가고
나그네만 남았다

인적 끊긴 고갯마루엔
노을이 곱다

어디를 돌아
어디를 가려는지
산제비는 알까?

아무도 그가
누군지 모른다

그 나그네가
바로 당신이라는 것도,

봄날이 가면
여름이 온다지만
모란은 다시 피지 않는다

나그네는 오늘도 길을 나선다.

I love you more and more everyday

그대는 내게
별에서 온 그림자입니다
그대는 아직 저 별에 있고
그림자만 내려와 나의 그림자가 되었습니다

그대의 빛은
내 그림자를 만들고 소진해서
그대는 지금 그림자 없는 당신이 되어
내 그림자를 보고 당신을 알고
내 그림자 속에 함몰된 당신의 빛으로
당신의 길을 짐작하고 있습니다

나는 밤마다 일어나 별을 보며
별 속의 당신을 찾아갑니다
나의 그림자는 그렇게 해서 사라지고
그 별 속의 당신에게로 가서
외로운 당신의 그림자가 됩니다

내가 그대를 그리워하고 그리워하는 것은
내 그림자가 당신이기 때문이며
내가 그대를 사랑하고 사랑하는 것은
그대의 빛으로 내 그림자가 빚어졌기 때문입니다

오늘도 별은 하늘에서 빛나고
날마다 짙어지는 그리움의 그림자는
그대를 향해 가는 나의 날개가 됩니다

당신의 한 해는 위대했습니다

당신의 한 해는 위대했습니다
당신을 위하여 태양은 하루도 거르지 않고 동녘에
떠올랐고,
바람은 대륙의 산맥을 넘어 당신을 향해 불어왔습니다
계절은 때맞춰 그 모습을 바꾸어 당신의 눈을 빛나게
했습니다

당신을 만난 모든 사람들이 이웃이 있음을 알고 외롭지
않았으며
그들과 더불어 보낸 당신의 삶은 그 이웃들의 보람이
되었습니다

당신이 넘어온 생활의 능선에서 수없이 피고 스러진
꽃들과 열매들은,
그것이 비록 절망의 낙화落花일지라도
골짜기를 헤매는 이들에게 깃발이 되었고
당신이 흘린 땀과 당신의 눈물들은 이 고통의 땅에서
사랑이 되었습니다

당신의 말은 세상의 언어가 되고
그 말들을 엮어 만든 애가哀歌의 노래들은 서러운
이들에게 위로가 되었습니다

당신이 그렇게 바라본 강물들은 쉬임없이 흘러가
지금은 대양大洋이 되어 넘실거리고

당신의 얼굴을 쓰다듬고 흐른 바람의 줄기들이 모여
지금 저 거친 파도를 헤쳐가는 우람한 범선의 돛폭을
부풀렸습니다

얼어붙은 땅속에 갇혀 있던 새싹들이 당신의 웃음소리에
비로소 깨어났고
그 여린 떡잎들이 무성해져서 이윽고 꽃을 피우던
그 어느 여름날,
당신을 향해 쏟아지던 햇살 같은 은총으로 하늘은
우리들의 꿈을 무르익게 했습니다

당신이 있었음으로 하늘이 있고,
당신이 있음으로 하여 땅도 있습니다
당신이 없으면 하나님도 없습니다
아! 얼마나 당신은 위대합니까?
당신이 지금은 나그네 되어도 당신이 있어야 우리도
있습니다

당신을 찬미합니다

푸르고 빛나는 새해를 기원하면서…

봄

겨울이 너무 길면
잘라 버리고 봄이라 하자

움트지 않는 봄
꽃피지 않는 봄

목련도 채 숨쉬기 전
동백이 망울만 내밀어
추위를 참는 봄

개울가 살얼음 속에
버들치도 돌틈에 숨어
움쩍하지 않는 봄

아무것도 없는 들판에
봄바람 대신 매서운 칼바람이 부는 봄

잎사귀 하나 없는 헐벗은 가지를
바람에 흔들어 봄을 부르는 나무들…

겨울이 너무 길면 잘라내고
봄이라 하자

혁명은 봄이 아니라
한겨울에 오느니

민들레를 찬미하다

가꾸지 않아도
피는 꽃 있다

민들레

논두렁, 산비탈
길섶 아무데서나
양지바른 곳이면
노랗게 일어나 앉는
봄꽃

담벼락 밑 돌틈
갈라진 아스팔트 사이에도
강인하게
비집고 나와 피는
나지막하고
당찬 꽃

민들레

돌보지 않아도
저 혼자 피어나서
들판의 봄을
가장 먼저 알리는

작은 키에
큰 얼굴
해를 닮은
꽃이 있다

무리지어 피지 않고
홀로 홀로 피어나서
이른봄 얄궂은 날씨를
의연히 견디는 꽃

민들레

그 꽃 이울고
봄이 익으면

앙상한 홀씨를
불끈 쥐고 일어서서
바람을 기다리는
기다림의 꽃

스스로 날개 만들어
바람에 실리면
비로소 자유한 자신의 씨앗을
바람에 맡겨 버리는
천연의 꽃

민들레

가꾸지 않아도
돌보지 않아도
이 땅
아무데서나
분연히 일어나
앉아 있는 봄꽃

민들레를 찬미하라

민중의 꽃이다.

들 꽃

피 맺힌 노래 하나
네 가슴에 묻어두고

잠 깨기 전에
그냥 갈란다

바깥바람이 너무 차서
네 목도리 하나 빌려 떠나니

얼마쯤 썰렁함이야
내 있었던 흔적으로

한겨울 그렇게
지냈으면 한다

그러다 보면
곧 동천冬天도 풀릴 거고

누리 가득히
봄기운 돌면

눈물로 덮고 가는
이 쓰라린 노래도

비린내 가시고
피어날지 모르지

2부

강을 보라

먼 데서 들리는 소리

겨울 들판에 서 보라
멀리서 들리는 소리가 있다
산맥을 타고 올라오는 봄바람 소리다

얼어붙은 겨울 강가에 나가
얼음 밑을 흐르는 물소리를 들어 보라
먼 산골짜기 바위틈에서
도란거리며 흐르는 여울 소리가 스며 있다

동트는 새벽 첫 빛을 받으며
언덕에 올라 눈을 감아 보라
멀리서 들리는 소리가 있다
태양을 이글거리게 하는 우주의 원음이
영원을 향해 증폭하는 소리다

지평을 지나 수평선 너머
하늘이 내려와 대지를 안고
시원始原의 빈들, 신화의 나라에서
새날을 빚어내는 빛의 소리

눈을 감고 보이는 적멸寂滅의 시간 속에
귀로는 들을 수 없는 우주의 진동이
빛으로 점멸하는 창조의 파장으로
가슴으로 전해지는 소리를 느끼며
먼 역사의 지층을 본다

멀리서 들리는 소리를 듣자

소란한 세상 거짓의 강을 넘어
순수를 찾아 거슬러 오르는
여울 고기들의 당찬 몸짓으로
시대의 아침을 향해 가슴을 펼치자
해방을 향한 자유의 깃발이
칠흑의 장막 속에 지금은 잠겼어도
그 어둠 다 살라 먹고 솟아오를 해를
함께 맞이할 아침이 오리니

힘들어 지친 어깨 서로 기대고
꺼져가는 등잔에 기름을 나누며
한 걸음씩 함께 가는 이웃이 되자

멀리서 들리는 소리를 숨죽이고 들으며
서로를 도와 아름다워지고
서로를 이끌어 진보하여
마침내 이루게 될 그날의 꿈을
함께 이루어내는 이웃이 되자

지금은 비록 헐벗은 몸으로
겨울 들판에 떨고 있어도
저 산맥을 타고 오는 봄바람 소리를
가슴과 가슴으로 전해 들으며

이 혹독한 계절을 참고 견디자

그날이 올 거다
그날은 온다

저 가증스러운 것들의 날은 가고
우리가 꿈꾸는 봄이 올 거다

멀리서 들리는 작은 소리를
더 크게 증폭시켜 가슴으로 듣고
새날을 찾아 길을 나서자

명심하라

- 甲도 乙도 아닌 丙들에게

그래
너는 그 산 위의 깃발로 있으라

산 아래
이 척박한 땅에서
너를 우러러 하늘처럼 섬기며
벌레처럼 기어서
한 마디씩 갈게

제발
우리가 거기 이를 때까지
바람에 찢기지 말고
그 깃발 펄럭이며 고이 있거라

우리가 가서
네 발목을 파먹고
다리뼈 분질러 빻아 가루로 날릴 때까지

그 뻔뻔한 모습 흐트리지 말고
입가에 흘리는 군침 훔치지 마라

지금은
우리가 네 밥이 되어 먹히지만
먹힌 우리들이
굼벵이처럼 살아나서

너를 썰어 파먹을 때까지
깃발이 되든 태양이 되든
네 멋대로 거기 있기만 해라

때로는
증오가 가난한 이들의 사랑이 되고
저주가 짓눌린 자들의 위로가 되어
이 혹독한 멸시와 천대 속에서도
우리는 서로가 서로를 돌볼 수 있나니

우리들 가진 것 다 가져가서
당분간 너는 배불리 있거라

너희들 하늘에 휘날리는 깃발이
우리들의 꿈과 희망이 되었으니

우리가 이를 때까지
흔들리지 말고
너를 지키고 네 자리를 즐겨라

그날이 오면 알게 될 거다
번번이 틀리는 일기예보와
한 번씩 미치는 바람과 폭우
왜 지구가 자전하며 공전하는가를,
이 땅의 반은 늘 밤이다

사랑과 미움은
때에 따라 바뀐다

증오의 주기週期는
증오에서 끝난다

민들레

어디로 날아갈지도 모르면서
하얗게 부풀어 있는 씨앗 송이들
언제 불어올지도 모를 바람을 기다리며
산자락 들판에 지천으로 피어 있는
민들레 씨앗

들었는가?

억만의 군사보다 많은 씨앗들이
이 땅의 산야를 덮고 피어나던 날

민들레 씨앗 하나가 조용히 날아가서
궁정 뜨락에 떡하니 앉아
나라꽃이 되었다는 이야기를

영 춘 迎春

내가 여러 번 말했잖아
봄은 어디서 오는 것이 아니라
숨어 있다가 일어서는 것이라고

얼어붙은 겨울 혹독한 추위를
찢고 밀어내고 일어서는 것이라고

그렇게 일어선 생명들을 향해
겨울의 그 사나운 바람들이
고개 숙여 찾아와 부드럽게 인사하는
봄바람은 그래서 따뜻한 것이라고
봄은 갇힌 자들의 해방인 거야

얼어붙은 땅속에서 견디고 기다려서
그 땅을 녹여내고 솟아오른 것이라고
봄이 온다는 것은 겨울을 이겼다는 거지

봄을 경배하라

그냥 꽃 한두 송이 피워서 봄이 아니라
마른 나무 가지마다 송글송글 맺히는
긴 투쟁의 땀방울들이
넉넉한 잎사귀로 그늘을 만들어
또 다르게 다가올 폭염의 횡포를
막아내는 나무들로 커오르는 의지

그 진군의 시작인 거지

그렇게 키워서 너풀거리던 잎사귀들을
사정없이 떨구어낸 ㄱ 바람이 할퀸 자리에
한 치의 물러섬 없이 또다시 일어선 봄
경이롭지 않은가?

간지러운 왈츠 따위로 굽실거릴 것이 아니라
장엄한 행진곡으로 봄을 맞이하자

억눌린 자들의 거룩한 분노들이
산자락 자욱이 피어오르는 아침
일제히 봉기하는 해방군들의 함성

왜 진달래가 저런 색으로 피는지
창백한 분홍 꽃잎에 서린 분노를 보라
어째서 찔레가 슬프게 피는지는
짓눌려 떨어져 쌓인 낙엽들이 안다

온 산을 열고 흐르는 여울 소리를 들어 보라
겨울 동안 얼음 밑에서 숨죽였던 신음 소리가
잔조롭게 터져나오는 인내의 도란거림

왜 그 소리가 들리지 않는가
어째서 그 소리를 들으려 하지 않는가

이렇게 힘들게 찾아온 봄을
겨울이 풀어준 은혜로 여기는가

아니다 봄은
부드럽고 여린 순들로
대지의 눈치를 살피는 것이 아니라
겨우내 갈고 간 투쟁의 창살 끝으로
대지의 심장을 뚫고 치솟은 것이다

생명이 죽음을 이기고 일어서는 소리
그게 봄이다

오늘은 기다리던 비도 내리고
또 한 번 나의 봄이 무르익고 있다
뒤뜰의 목련 뜨락의 해당화
담 너머 과수원에

다시 5월에

작살 맞은 고래처럼
늘어져 온 날 밤은
신화보다 먼
지층을 읽는다

지치면 안 된다
줄이 감긴다

단호한 몸짓으로
임종을 기다리며
그 참담한 부정이
'미이라'가 될 때까지

당겨야 한다
지치지 말고…

할 수 없이 다가오는 시대의 아침보다
심해에 가라앉는 햇살을 보자

떠올라선 안 된다
차라리 썩자

역사의 등어리에 꽂힌 작살이 뽑힐 때까지

석기시대

할아범은
동굴에서 돌을 갈았다

어느 아침
할아범이 잠에서 깨지 않자

아범이
다시 그 돌을 갈고

그 아범이
사냥 길에 떨어져 죽던 날

깊은 계곡을 울리는
까마귀 울음소리를 들으며

아들이
또 웅크리고 앉아
돌을 갈기 시작했다

석기시대 후기

돌을 갈았다
아비가 갈고 아들이 갈고
그들의 큰아비 할아범도
그 동굴 그 자리에서 돌을 갈았다
그렇게 갈아 만든 창과 도끼를 들고
아비와 아들은 사냥을 나갔다
큰 짐승도 잡고 작은 짐승도 잡았다
물속을 뒤져 물고기도 찍어내고
느린 새들은 덮쳐 잡았다
빠르고 높이 나는 새들은 활을 만들어 쏘았다
땅속을 파헤쳐서 뿌리를 찾았고
매달린 열매들은 쉽게 따먹었다

눈 비 오는 날이나 바깥바람이 사나우면
그들은 동굴에 앉아 사냥 길을 더듬었고
그런 날 밤엔 꿈도 길었다

동굴 속에서는 별이 보이지 않았다
밤하늘의 신비스러운 별이 보고 싶어
벌판의 나무 밑에서 잠을 자던 사람들은
사나운 짐승들에게 잡아먹혔다

- 에덴엔 금단의 열매가 있었다
열매는 아름다웠고
그 열매의 빛만으로 그 동산은 평화로웠다

그 나무 그늘에 사람들이 둘러앉아
그 열매의 향기를 맡으며 행복했다
누구도 특별한 이름이 없었다
누구를 불러 할 얘기도 없었다
아무나 그 사람이었고
아무나 서로 알았다

마치 달성공원 새벽장에 스치는 사람들처럼

그러던 어느 날
그 열매를 사람들이 먹었다
그때부터 그 동산의 사람들도 이름을 가졌다
누군지 알았고
아는 만큼 서로 멀어지기 시작했다

새벽장 커피마차 여주인처럼
500원짜리 커피를 사먹지 않고
공짜로 곁불 쬐는 자를 귀신같이 알 듯이

에덴의 그 열매는 얼마 안 가 없어졌다
기똥차게 맛나는 그 열매를
사람들이 다투어 먹어댔기 때문이다
그 열매를 먹으며 서로를 배웠고
그 열매를 먹은 것만큼 사람들이 변했다
서로가 서로에게 서로를 알렸고

서로가 서로의 형편을 알아채고
아는 것만치 대하고 아는 것만큼 대접했다

열매가 없어지자 그늘도 없어지고
그늘이 없는 나무 아래는 아무도 오지 않았다

다만 밤에는 그 성근 가지 사이로 별이 보였다
잎 진 나뭇가지 사이로 별이 빛나는 밤에
사람들이 모여 없어진 그 금단의 열매 얘기를 했다
그리하여 에덴은 지상에서 사라지고
광활한 광야로 사람들은 흩어졌다

별이 빛나는 밤
이제는 앙상해진 그 나무 아래
그래도 그때의 그늘을 그리워하는 사람들이
하늘을 쳐다보며
잃어버린 에덴과 그 열매의 향기를 그리워했다

나무 아래, 그 나무 아래
그리움이 쌓여서
이따금 부는 바람에 서걱거리는 밤
사람들은 생각했다
그 열매의 진실을-

그러던 어느 날 길을 나섰다

그렇게 갈아 만든 돌연장들을 들고
나중에 아주 나중에
그들의 자손 중 어떤 놈들은
연장을 들고 나가 사람을 찔렀다
찌르기 시작했다

- 카인이 아벨을 들로 불러내어 쳐죽였다
시신을 은닉하고 태연히 하던 일을 했다

야훼가 물었다
"네 동생 아벨이 어디 있느냐?"
카인이 시침을 떼고 퉁명스럽게 대답했다
"내가 내 동생을 지키는 자입니까?"

광주의 학살 보고서
총을 쏘아 사람들이 죽었는데
명령한 자가 없는 나라

야훼는 왜?
카인의 제물은 받지 않고
아벨의 제사만 받아들였는가?

신학자가 말했다
길고 난해하게
성서학자가 말했다

단호하고 명료하게
그리고 수천 년 동안
수많은 사람들이
카인의 제물과 아벨의 제물을 비교했다

억만 갈래의 말들이 현란하게 쏟아졌지만
솔직히 말해서 결론은 제멋대로다

야훼도 카인의 항의를 듣고 조치했다
카인을 해치지 말라고,

이렇게 최초의 살인자 카인의 후예는
지금까지 세상에 엄연히 번창한다

왜 그랬을까?
어째서 카인의 제물은 밀어내고
아벨의 제물만 받았을까?

그래서 '아벨'은 쳐죽임을 당했다
그때 흘린 피가 아직도 마르지 않은 채
대지가 받아 안고 비린내를 풍기는데

그것은 야훼의 정무적 판단이었다-

30년 전 어느 날
강원도 어느 스키장에서
유명한 길거리 사람들과
참길회 식구들이 같이 모였다
그들의 보스와 내가 술을 마시는 큰방
문 밖에는 덩치가 산만한 사내들이 둘러서고
방에 들어올 땐 무릎걸음으로 기어와서 술을 따랐다

"광주를 증언할 테니 일어서 주시오"
어안이 벙벙해져서 밤새껏 그 보스와 술만 마셨다
그리고 헤어져 내려오면서
내가 무슨 생각을 했는지 잘 모르겠다

-운다고 옛사랑이 오지는 않는다네
눈물로 달래 보는 서러운 추억일 뿐
그래도 꿈길로 오는 그 시절의 그리움

참길회원 피 팔아 모은 돈 17만 원
유족회에 전하고 찾아갔던 망월동
때마침 흰눈이 내려 소복 입은 광주여!

세월이 흘러흘러 나 또한 따라 흘러
산 넘고 물 건너 빈들에 홀로 섰네
흘러온 세월의 강에 낙조落照가 서럽구나-

그리고 세월은 그냥 흘렀다
오늘까지
'님을 위한 행진곡'만 목쉬게 부르면서

조곡 弔曲

외롭다는데
왜 믿지를 않니?

그냥 외로운 게 아니라
애끓게 외롭다는데
너는 왜
그렇게 돌아보지도 않니?

너 때문에 외로워서
네가 그리워서
아침부터 저녁
밤늦게 꿈속까지
너를 기다리며
너를 꿈꾸며
너를 찾아 헤매는데

어째서
너는 움쩍하지도 않고
그렇게 멀리 서서 웃기만 하니
내가 그렇게 어려 보이니?

팔십이 곧인데
아직도 내가 어려 보여서
이렇게 마주 보고도
안아줄 수가 없니?

내가 왜 너를 그리워하는지
내가 왜 너를 기다리는지
정말 네가 몰라서 이러는 거니?

그래
이렇게 시들다 사라져 줄게
손목 한번 잡지 못하고
너를 기다리다
하얗게 말라서 날라가 줄게

너는 언제나
하늘 위 구름 밖에서
별처럼 빛나고
나는
이 땅 벌레들의 땅굴 속에서
너를 쳐다볼게

나쁜 놈
매정한 놈
악독한 녀석

언제 너를 만날 날 있겠지
그때 말할게
얼마나 너를 사랑했는지를

먹살 잡고 흔들며 똑똑히 말해 줄게
네 귀에 못을 박듯이
또박또박 말해 줄게

이 비정한 녀석아!
냉혹한 놈아!

자유와 평등
정의의 실체여!

고요한 밤 거룩한 밤

고요하지도 않고
거룩하지도 않은 밤
지루하고 역겨워서
잠 못 들어 하는 밤

천사가 하늘 위에서
내려올 엄두도 못 내고
짓물러 가는 땅을
내려다보고 있는 밤

대한민국 여의도에서
돼지 목 따는 소리로
캐럴송을 불러대는데
창문을 아무리 닫고 닫아도
짖어대는 짐승들 소리로
잠 못 들어 새우는 밤

고요하지도 않고
거룩하지도 않은 밤에
짐승보다 못한 놈들이
짐승 흉내를 낸다고
짐승 소리로 꽥꽥거리는데
그것이 우스워
깔깔거리는 인간들이
짐승으로 변해 날뛰는 밤

가치에 대한 아포리즘

세상은 누구에게
무엇을 주지 않는다.

세상의 무엇들은
누구에게나 있다.

똑같은 조건으로
공평하게 있지는 않다.

누구에게나 주어진 무엇들

가져가는 조건은 사람들이 만든다.

꿈이라 펼쳐놓고
탐욕으로 찢는다

그것을 꿰매고
공평하게 나누는 것

오직 그것 하나 가르치기 위해서
역사는 무수한 시대의 흩어진 조각들을
찾아 맞춘다.

2015 성탄

그렇게 기다린다더니
올해도 아기예수를 뉘일 곳이 없네

여숙旅宿은 이미 예약이 끝났고
외양간 자리 주차장마다 붕붕거리는 자동차 소리
구유마다 쌓여 가는 음식물 쓰레기
애써 찾아온 메시아의 별은
휘황한 네온사인으로 그 빛을 잃고
들판의 목동들은 집시법 위반으로 구치소에 갇혔다

반도의 남쪽 여왕의 나라
역사를 아는 대로 말할 수 없는 백성들이
촛불을 켜들고 길을 찾으면
그 가녀린 촛불을 물대포로 끄는 나라
길 따라 사람들을 태워 나르는 자동차로
오히려 그 길을 막는 이상한 나라

올해도 우리 예수는 깃들 곳이 없어
새벽의 노동시장에서 곁불을 쬐고 있는데
기다린다 해놓고 오는 길을 막는
해방자 예수의 성탄은 슬프다

억만 개의 등불로 지구를 덮어도
예수가 오는 길은 언제나 칠흑漆黑이다

어둠 속에 같이 묻혀
어두운 역사의 새벽을 기다리는
하나님의 저 어린 양을 보라

테러방지법 10초의 '필리버스터'

숲 속에는
울창한 나무, 그 가지 사이로
새들만 아는 길이 있었다

새들은
나무 사이를 날아다니며
이 나무 저 나무에 둥지를 틀고
온종일 지저귀는 노랫소리로
나무들도 즐겁고 서로가 행복했다

마을의 사냥꾼이
그 길을 알기 전까지

나무 사이로 난
새들의 자유로自由路는
숲을 살리는 평화의 길이었다

사냥꾼이 그 길에
그물을 깔고
새들을 잡아

구워 먹기 전까지
팔아먹기 전까지
가두어놓고 즐기기 전까지

오늘도 가는 길

별을 헤며
길을 찾았다

별이 사라진
사나운 밤에는
몰아치는 바람에게
길을 물었다

간악한 짐승이
울부짖는 골짜기에서도
깃발을 놓치지 않고
새벽을 기다렸다

그렇게 헤쳐 온 숲 속의 오솔길에
승냥이 몇 마리는 늘 있었다

강을 보라

물길이 끝난 낭떠러지
절벽을 덮고 쏟아지는 폭포

비산飛散하는 물줄기에 어리는 무지개
그리고 그 장엄한 물 울음소리

그것들을 보고 듣고
굽이쳐 흐르며
바다를 찾아가는 강을 보라

언젠가 이르게 될 평화의 뜰에서
아지랑이처럼 번져 오를 꿈을 만들며

사라지는 것으로 영원을 그려서
절벽을 감싸는 물보라 속에
빛의 알갱이를 펼쳐 보이는 강을 보라

시대가 벼랑을 만들어
길을 막으면
폭포가 되어 쏟아지는
민중의 함성 속에*

해방의 꿈을 저며 넣는
저 역사의 강을 보라

* 젊은 날의 추억 속에 남아 있는 말들 중에서, K兄을 생각하며….

고양이와 정노인 鄭老人

온막 사는 정노인이 점잖게 시국을
논하고 싶으나 상대가 없는지라
마침 지나가는 길고양이 한 마리를
붙들고 수작을 부리는데

먼저 고양이가 하는 말
"왜 하릴없이 지나는 이를 붙들고
귀찮게 구는 거요?"

정노인이 말한다
"야 이놈아, 시국이 어느 때라고
산이나 들녘 숲에 있어야 할 놈이
동네를 어슬렁거리는 게야?"

고양이 왈
"언제부터 이 마을이 당신들 것이요
이곳은 우리 조상들이 살던 들판이었소"

정노인이 할 말이 없다
옆자리를 두리번거리며
먹다 남은 오징어 다리를 던져주며
"옛다 그놈, 역사를 아는 것 보니
상대할 만하군"

정노인이 묻는다
"그러면 네 조상이 누군고?"

고양이
"그거야 몇 대는 내가 알지만
그 이상은 모르죠
살쾡인지 호랑인지는
당신들이 알아보시오"

정노인
"그러면 여울목 주막집 담장을 절단내는
얼룩고양이 놈은 살쾡이 족속 같구만"

고양이
"아니오. 그분은 우리 삼촌이라오
원래는 온순했는데
어느 날 고양이 장수가 놓은 덫에
한번 걸려 피흘린 뒤로 그렇게 된 거요
자세히 살펴보면
오른쪽 다리가 제 모양이 아니오"

정노인이 이제 막 자란 수염을
쓰다듬으며 점잖게 물었다
"너 혹시 국가보안법이라는 것 아는가?"

고양이가 의심스러운 눈으로
쳐다보며 말했다
"조금 알죠.
그거 이 나라가 둘로 갈라져서
(왜 그랬는지는 난 모르죠)
뜻있는 사람들이 하나가 되자고
노력하기 시작했는데 말도 안 되게
그 하나 되자는 사람들을 빨갱이라는
이상한 짐승으로 만드는 법이라던데요
빨갱이라는 말은 고양이라는 말과
비슷하니까 이제 종북좌파라 한다죠?"

정노인이 깜짝 놀라 자리에서 벌떡 일어나서는
고양이에게 말한다
"올라오게. 여기 조촐한 주안상 그대로 있으니
드시며 얘기하세"

고양이
"고맙소. 영감님 그 말이 그렇게 좋소?"
"암, 오랜만에 듣는 시원한 말일세
그런데 자넨 어디서 그런 말을 들었으며
사람의 말귀를 그렇게 밝히 아는가?"

고양이가 상 위의 명태전을 맛있게 씹으며
천천히 말했다

"마을 끝 방앗간 건너에 상여집 있지요?
거기가 내 집인데
어느 날 이 동네 촌장어른 자제분인
서울 유학생이 방학이 되어 내려오면서
동료 학생 몇 명과 함께 와서 밤마다
내 집에 모여 시국을 토론했는데
내 그다지 할 일도 없고 더운 여름이라
그들의 얘기를 듣다 보니 어느새 말귀를
알게 되었고 그 뜻도 조금씩 알게 되었소
무슨 일이든 잘 듣고 잘 보면 모를 게 없다오"

노인이 말투까지 바꾸며 점잖게 묻는다
"묘공 연세가 어떻게 되시는가?"
"글쎄요, 사람의 나이로는 일흔쯤 되었을까?"

정노인이 다시 말한다
"혹시 짐승나라에도 그런 법이 있소?"

고양이가 측은하다는 듯한 표정으로 말했다
"없지요. 아무리 자기 뜻과 다르고
자기 이익에 눈이 어두워도
어떻게 함정을 파고 고문을 하고
흉계를 꾸며서 사람을 그렇게 만든다는 거요?
그리고 우리 짐승세계에는 흉계나
거짓말로 얻을 것이 아무것도 없다오"

정노인이 망연히 하늘을 쳐다보다가
불쑥 말했다
"곡차 한 잔 하시오"
"그러지요 허지만 딱 한 잔이요
저번에 양조장에서 술지게미 얻어먹고
집을 못 찾아 혼났소
사람들이 왜 이런 고약한 물을
먹는지는 조금 알죠
그해 우리 움막에서 밤새워 얘기하던 학생들이
울분을 토하는 것을 익히 보았소
그들이 읍내 경찰서로 붙들려 가는 날
내 생애 처음으로 그들이 남긴 술을 마신 적 있소"

정노인이 일어서며 정중히 말했다
"좋은 말씀 잘 들었소이다
일간 또 만납시다"

고양이
"고맙소. 길 가는 고양이를
이렇게 정중히 여겨 주시니
그런데 보아하니 병중에 계신 듯한데
쾌유를 빕니다"

말을 남기고 고양이가 담장을 홀쩍 넘어가자
담장 위에 까치 한 마리가 날아와 앉았다

별을 보고 찾아가는 길

어두워서
가지런히 챙기지 못했지만
몇 가지는 남겨두고 그냥 간다

수많은 날들을 그렇게 보내고
이 밤에 또 훌쩍 떠나는 것은

별을 보고
찾아야 할 여정旅程 탓이다

길은 늘 어둡고 고달파서
홀로 가는 것이 너무나 어렵다

아직도 내 이를 곳이 어디쯤일지 몰라
훗날을 지금 기약할 수 없지만

자유와 평등
정의의 원탁에서
화평의 잔을 나눌 수 있는 날이
꼭 오리란 것은 굳게 믿는다

보잘것없지만 남겨둔 것으로
한 걸음씩이라도 걸을 수 있다면
그 들판은 결코 멀지 않다

못다한 이야기야 끝이 없지만
별이 사라지기 전에 떠나야겠다

내가 왜 이럴까?

어려운 시詩 하나 쓴다고
버둥대다 보니
밤이 이슥하다

산촌의 밤
적적함이 방 안에 자욱하다

말라버린 정신은 잠마저 앗아가고
이 겨울 깊은 밤에
뒷산 어디에서 새 울음이 있겠는가

마을 앞 개울도 얼어 가고 있을 뿐
흐르는 물소리도 잠잠한 지 오래다

참길회 식구가 내 발병 소식을 듣고
귀국 길에 구해다 준 '반늬'의 성수聖水 병이
책상머리에 서서 나를 본다

예쁜 성모상의 정성어린 성수병
"성모님, 저 성수 한 방울 술에 타서
한 잔 하면 안 될까요?"

술 한 모금 못 마신 지가 반년이 넘었으니
생각이야 간절하지만
그것 하나 제대로 안 되는 내가

한심하기 그지없다

생각 난다
"이 혹독한 겨울나라에 봄은 어디쯤 왔는가"
노랫말이다

젊은 친구들과 어울려 마시던 막걸리 생각
밤새도록 울컥거렸던 그 분노의 세월
그 주점 그 사람들
다시 올 수 있을까?

지금도 그 어둠의 장막이 시대를 덮고 있는데
"동지는 간데없고"
깃발만 무심한 바람에 펄럭이고 있을 뿐

속절없이 늙고 병든 내가 서럽다

그래도 아무도 아파 하지 않는 차가운 현장에서
지금도 신음하는 양심들이
아직도 이 땅에 남아 있음을 본다

"성모님, 저 성수병으로 화염병이라도 만들어
죽어가는 4대강 되살리고
밀양 송전탑 같은 거 없앨 방법 없을까요?"

봄은 오겠지
눈 녹은 자리에 민들레 솟아나고
개나리 지천으로 피어나
담장을 뒤덮는 봄이 오겠지

아무것도 못하고 비겁하게 비껴온 날들만
너절하게 널려 있는 내 회억回憶의 지난날이
부끄럽기만 하다

"내가 왜 이럴까?"
이 나이 늙은 몸으로

창 밖에 어둠이 엷어지기 시작한다
새벽이 오나 보다

겨울의 진주군 進駐軍

뒷산 계곡 수북이 쌓인 낙엽 위를
소리없이 밟고 내려오는 나비 떼들이 있다
이 겨울나라의 반군反軍들이다

봄은 얼어붙은 겨울산을 정복하기 위해
숲 속에 숨고, 바위틈에 엎드려
때를 기다리며 숨죽이고 있었다

나비들이 먼저 내려가
들판의 민들레를 깨울 때까지…
나비는 겨울바람 속에 나부끼는 혁명의 깃발이다

겨울이 아무리 대지를 묶어도
반군들은 그 언 땅을 뚫고 해방의 문을 연다

나비처럼 연약한 날개를 펴고
은밀하게 수풀 사이를 헤집고 나오는 봄

자유, 거룩한 인내
해방, 숭고한 분노

이 겨울나라를 침노해 들어오는 봄의 진주군

낙엽 위에 바스락거리는 저 작은 소리
혁명의 나비 떼가 춤추며 내려온다

노란 봉투의 기적

강은
앞선 물이 이끌어 나가는 것이 아니라
뒤엣물이 밀어서 흘러가는 것이다

시냇물이 모여들어
강을 이루고
여울이 내려와
냇물이 된다

골짜기 깊숙한 곳의 옹달샘들이
바위틈이나
젖은 수풀 사이에서
한 방울씩 얻어낸 맑은 물들을 흘려
여울이 냇물에 이르게 밀어주면
강은 또 강들을 만나
바다에 닿는 장강長江이 된다

대양大洋에 넘실거리는 바닷물 속에는
대지大地를 스며나온 물방울들이 있다

- 쌍용자동차 해고노동자가 물어야 할 손해배상액인
47억원을 10만명이 나눠 내자는 취지로 한 주부가
47,000원을 노란 봉투에 담아 언론사로 보냈다 -

도도히 흐르는 대하大河의 강물 속에는

시냇물이었다가
여울물이었다가
옹달샘에 모였던 물의 알맹이들이
함께 어울려 흘러가고 있다

대지의 속살을 짜서 나온 물
뿌리에서
잎에서
둥지에서

한 모금씩 배어나온 청결한 물들이
서로를 밀어주며 흐르는 강

억눌린 이들의 땀과 눈물
짓밟힌 사람들의 신음과 분노

노란 봉투 속에 분노를 눌러 넣고
노란 봉투 속에 희망을 불어 넣고
그렇게 모은 힘으로
억압의 빗장을 풀어 보자고
알갱이 하나가 일어나 연대連帶를 외쳤다

강이 되자고
바다가 되자고
하늘과 맞닿는 수평선까지 가서

해방의 깃발을 더 높이 세우자고

폭풍이 휩쓸고 간 초원에서
쓰러진 풀들이
가장 먼저 하는 일은
곧추 서는 일이다
다시 일어나
꼿꼿이 서는 일이다

새들이 첫 햇살에 날개부터 말리는 것은
날아오르기 위해서다

결코 새들의 날개는
추락하기 위해서가 아니라
비상하기 위해서 있다

쓰러진 이웃을 우선 일으키고
그들을 부축해 함께 가자는 것이
연대를 원하는 자들의 간절한 소망이다

함께 가야 한다
일어서야 한다

연대는
전진의 힘을 얻기 위해서만이 아니라

해방의 미래를 공유하자는 것이며
해방의 가치를 구현하자는 거다

노란 봉투에 내 비겁을 담고
노란 봉투에 내 무관심을 넣어서
저 연대의 강물에 말끔히 씻자

5월, 그날은 다시 오고

구름에 잠겨 앞산이 없어졌다
어제부터 내리는 비가 그치지 않는다
5월이 눈물을 앞세워 오고 있다

5월은 아직도 웅크린 어깨 펴지 못하고
변해 버린 금남로를 두리번거리며 오고 있다

아무도 말해주지 않는 5월의 비밀을
올해는 들을까 해서 귀기울이며
5월은 민주의 시신을 메고 절룩거리며 오고 있다

5월이 아직도 그 분노를 삭이지 못하고
숨쉴 때마다 토해내는 꽃잎들을 보라

5월의 꽃들은 혼자 지지 않는다
바람에 날려 떨어지면서도
꽃잎들은 서로 손을 잡는다

5월은
5월을 잊으려는 사람들이 쌓은 제단을 가릴 수 없어
망월동에서 또 길을 잃는다

5월은 오고
다시 오고
또다시 와서 오월이 되고

오월에 핀 꽃들이 이울지 않고
오월에 뒤덮인 땅에
오월이 일어서서
5월의 노래를 되찾아 부르는 날

5월은 그날을 찾아 해마다 온다

아직은 우리가 오월의 비밀을 몰라
5월의 소리를 듣지 못하지만
5월이 꼭 들려주고 싶은 말을
우리는 들을 자격이 있다

이렇게 5월을 설레며 맞이하는
우리 가슴속 뜨거운 열망이
조금도 식지 않고 들끓고 있으니

5월의 비밀은
5월을 피로 물들인 자들이 묻어둔
음모 속에 있는 것이 아니라
그 5월을 넘어서 가야 할 역사 속에 있다

무엇이 우리를
그 가혹한 5월의 강을 건너게 했던가

그 강을 건너 이르게 될 민주의 들판에

드높이 세워질 민족의 솟대 위에
태양처럼 떠오를 통일의 깃발

그 깃발을 향해 밀려가는 역사의 강가에서
우리는 5월의 비밀을 찾아야 한다

구름에 잠겨 없어진 앞산을 가늠하며
북향집 방에 누워 5월을 생각한다
그 5월의 강에 오늘은 내가 익사한다

3부
통재 通載

동리대춘東籬待春 1

- 고마운 사람들에게

네가
내게 손을 내밀어
가까스로 나를 들어올렸을 때
힘들었지
정말 힘들었지?

사실은
그 연약한 손을 잡고 올라온
내가 더 힘들었을지 모른다

네 팔에
힘이 빠지고
고별을 아파 하는
네가
내게 눈물이 되었다

그때 말했었지
사랑한다고

그 순간
누군가가 우리를 들어올렸다

그 손은 부드럽고 따뜻했다
그 손은 가난하고 온유했다

늘 감격한다
늘 감사한다

그리고
또 좌절한다
발밑이 천 길 단애斷崖라는 걸
늘 잊고 산다

그럴 때마다
너는
나에게로 와서 손을 내민다

나는
그 손을 잡고 오늘을 걷고 있다

고맙다

* 동리대춘東籬待春 : 동쪽 울타리 너머 봄을 기다리다

동리대춘東籬待春 2

– 동네 앞산

산이 아침을 데리고 와서
담 넘어 감나무밭과
얼마 전에 들어선 산비탈 기와집 지붕 위에
하루를 풀기 시작한다

맑고 환하게 눈부시게

산은
날마다 지친 하루를 데리고
노을 속으로 사라지고

마당에 내려온 저녁이
내 방문을 닫아 준다

다시 아침이 되어
앞산이 나를 깨울 때까지

산이 없어진 밤에
나는 늘 혼자다

어둠이 삼킨 산이
우렁우렁 우는 밤에는
조용히 일어나 앉아
그 소리를 듣는다

산이 하고 싶은 말과
들었던 이야기들은 뒤로 미룬다

산이 가져다준 하루를
아껴 쓰다가
헤프게 쓰다가 하면서
어느새
나는 노인이 되었다

저 산에
갈 날도 이제 머지않았다

나 그대에게 드릴 말 있네

- 詩가 난해한 것은 내가 잘 모르고 쓴 탓이다

알 것 같은데
이 안개 조금만 걷히면
보일 것 같은데

신화神話도 닿을 수 없는
머나먼 곳에서
바람에도 실리지 않는
작고 작은 소리가
하늘 끝 어디선가 들리는 것 같은데

알 수 없는 무엇이 오고 있는데
알 듯 보일 듯 들릴 듯한 무엇이
저만치 와서 서성거리고 있는데

안개는 좀처럼 걷히지 않고
하염없이 기다리기엔
남은 날들이 많지 않네

커다란 들판일 것 같아
그 들판을 거쳐온
바람 소리 같아
그리고
조금씩 밝아오는 아침이 있어
그 아침 햇빛 속에 비치는 얼굴이 있어

그대일 것 같아

날마다 내가 만나는 모든 사람의 얼굴이
그대가 되어
내게로 오는 것 같아

그 들판을 거쳐
그 들판의 바람에 실려
그대는 내 생애의 끝을 잡고 오고 있어
알 것 같은데
들릴 것 같은데
보일 듯도 한데
그대가 누구인지는 확연히 알 수 없네

누군가 그대는!

내게로 와서
내 눈을 뜨게 하고
내게로 와서
내 귀를 열리게 하고
내게로 와서
내가 누구인지를
비로소 알게 할 그대는 누군가!

멀고 먼 들판의 바람 소리 같은 그대

그 들판에 자욱이 서린 평화의 안개 속
지금까지 알고 깨달은 것들의
시작과 끝에서
나를 흔들며 다가오고 있는 그대

그대는 나를 누구라 부르는가
그리움이라 하고 끝내자면 그렇게 할 수밖에
기다림이라 하고 끝내자면 그렇게 할 수밖에

나를 기다리며
나를 그리워하며
내 삶의 끝자락을 잡고 오는 그대

내가 세상에서 가졌던 것들이
하나 둘 사라져가는 저물녘 이 숲길에서
밤하늘의 별이었거나
이튿날 새벽이었거나
정오의 햇살이었거나
한때는 내 나그네 길의 길동무였던 것들이
고별의 노을 속으로
물들어 가는 것을 보며
그대와의 만남이 안식이 되는 건가

그러니 그대
내 사라짐의 동반자인가?

그렇다면 어서 오게나
그 안개 헤치고 나와 내 손을 잡고
그대의 찬 손으로
내 남은 열정을 식혀 주지 않겠는가

아직도 뜨겁게 묻고 있는 내 삶의 정체를
이제는 나도 알아야 하지 않겠는가

그리고
내 마지막 질문의 답을
그대는 가지고 있어야 하네

- 그 들판이 있는가?
미움과 사랑이 갈라지기 전
정의와 불의가 나뉘어지기 전에
분명히 하나였을 생명의 원형이
이 유한有限을 벗어난 시공時空 속에
정말 있는가? -

모든 생명이 돌아가는 곳
그 생명의 참모습이 드러나는 날

그날이 오고 있는데
어렴풋이 그 나라가 떠오르는 저물녘
시골집 마당 한구석이 어두워지고

밤의 장막이 내려오고 있다

아직 안개는 걷히지 않았지만
알 것 같으네 그대

그대가 올 날 기다리며
그대가 데려다 줄 나라를 그리워하며
찾아올 그대를 기다리겠네

그대
내 사라짐의 동반자여!

나 그대에게 드릴 말 있네

인동忍冬 일기

노을빛 아껴서 노랫가락 엮고
동트는 소리 영혼에 녹여
그대를 그렸다

그대가 별이 되어 내게로 내려와서
먼 하늘 이야기로 밤을 새우다가
아침 이슬 속에 머물다 가면
그대가 남기고 간 별들의 잔해 속에는
그대의 체취가 비릿하게 남았다

그렇게 그대가 내게로 와서
그것들을 남기고 떠나는 것을
내가 그리고 노래하면서
그대를 기리고 살아오는 동안
나의 그리움들이 나를 깨우고 나를 잠들게 했다

자유라 불렀다가 해방으로 고치고
꿈이라 여겼다 눈물이 되어 고였다

내 영혼이 자아낸 슬프고 아픈 실로
그대를 묶어 하늘 높이 띄우면서
날마다 그리는 나의 화첩에 그대는 꽃이었다가
구름이었다가 때로는 바람이 되고 비로 내려서
살아온 나의 날들을 어지럽게 했다

노을빛으로 또 바람 소리로 그대를 그리고 부르는 동안
나의 날들은 시대에 묻혀 사라지고
이 밤도 촛불을 밝히고 바라보는 바람벽에
내 실존의 무의미가 너훌거리고 있다

생일 아침에

나를 있게 한 신비여
내 생명을 이어준 오묘함이여
사랑하는 이들을 만나게 해준 은총이여
그 품에 머물게 해준 은혜여

그 생명의 신비를 잊어버린 오만과
오묘한 삶의 진리를 망각한 우둔함으로
광명의 날들을 흑암으로 보내고
화평의 잔을 불평으로 채웠음이여

사랑하는 이의 손길을 깨물어
방탕으로 저민 패륜의 날들이여
사악한 탐욕으로 탕진한 세월을
불운의 띠로 묶어 혹세惑世한 간악함이여

선량한 이웃들을 버성겨 멀리하며
끝없는 시새움으로 밀어낸 편견이여
염려하여 간섭하는 이웃들의 호의를
아집의 채반에 걸러 흘려버린 방자함이여

자유와 정의, 평등의 행렬에서
비겁으로 낙오된 부끄러운 패잔병이여
시대와 역사 일상의 진실에서
수없이 반복한 판단의 오류여

너를 기다려 시간이 정지할 리 없고
너만을 위하여 세상의 것들이 있는 것이 아니다

75년 긴 세월
기회를 주었으나
아직까지 이 모양으로 주춤거리고 있으면
도대체 네 생애는 어떻게 될 것 같으냐?

살아온 날들이 한심하고 부끄러워서
이렇게라도 쓰고 자괴自愧한다

박목월 선생 영전에

누나야 우리
강변 살자

4대강 이무기
나타나기 전

하얀 모래톱에
물새 발자욱
강 건너 마을의
타는 저녁놀

갈대밭 사이로
불어오는 바람이
밀 익은 내음을
전해주던 강나루

초승달 수줍게 웃고 있는 밤에
별들이 내려와 멱 감던 강

산맥의 전설들이
여울을 타고 내려와서
강마을의 이름을 지어준 내력을

저 몹쓸 이무기들이 쓸어가기 전
엄마의 젖줄기 옛 강을 되찾아

누나야 우리
강변 살자

일어서는 봄

산천에 봄이와서 꽃들이 핀다지만
갔던봄이 다시와서 꽃피운게 아니네
겨우내 숨었던봄이 일어서 나온거네

잎지운 가지마다 제모양 다시나고
쓰러진 자리마다 새움이 돋아나네
삭막한 들녘에도 봄바람 다시불고

아무리 짓눌러도 다시피는 들꽃으로
한사코 제자리를 지켜온 생명으로
민중은 민중속에서 민중으로 남아있네

떠나지 아니하고 다시 일어서는 봄
스러진 자리에서 다시 일어서는 생명
아무도 범하지못할 역사의 봄나들이

정형시

붕어님 미안하오 살생의죄를 어이할꼬
화엄경 찾아읽고 싹싹빌고 엎드릴테니
생명을 경히여긴죄 부디용서해 주시오

낚시하고 돌아와 죽은듯 누웠는데
지나간 옛일들이 뭉게뭉게 일어나서
먼저간 친구생각이 비가되어 내리네

비오는 여름아침 창밖의 나팔꽃
줄따라 오르다가 방안을 기웃하네
처마밑 거미줄에는 옥구슬 조롱조롱

지붕밑 박새둥지 아침부터 소란하고
들락이는 어미새들 비맞고 분주한데
담넘어 길고양이들 먹이달라 길게우네

줄장미 흐드러져 연분홍꽃 낭자하고
향기에 취한바람 온마당을 휘젓는데
그바람 마시고누운 집주인은 잠들었네

앞뜨락 꽃밭속에 채송화 돋아나서
여린손 내밀어 여름인사 하고있네
글쎄다 잠든노인은 아는지 모르는지

풀벌레 소리죽여 숨어우는 여름밤
달빛어린 마당으로 두꺼비 엉금엉금
마루에 올라선달빛 옛이야기 시작하네

메르스가 창궐하여 온나라가 흔들린다
이나라 지도자들 우왕좌왕 꼴좀봐라
저런것 뽑아놓고서 무슨할말 있는고

별헤다 나이들어 수신제가 제때못해
돌아와 깃들거처 궁핍하기 그지없네
이제와 뉘우쳐본들 남은세월 가이없네

솔 개

뒷산 등성이에 솔개 한 쌍 살았다
아침저녁 높이 떠서 마을을 지켰는데
어느해 사라진 뒤로 빈 하늘만 남았다

비상하는 솔개
춤추듯 활강하는 멋진 날개

노을 속으로 잦아들던 솔개의 힘찬 활공
그러다 떠나버린 솔개의 하늘
그 하늘 어디쯤
솔개는 날고 있을까? 지금,

돌아오라

그날 이후

나를 보내고 나는
내가 버리고 떠난 것들로 어지러운 집에서
떠난 나를 그리워하며 늘 외로웠다.

세월은 왔다가 그냥 가는 게 아니었다.
세월이 지나면서 그림자가 자랐다.
그 긴 그림자를 끌고 다니는 나는
늘 힘들었다.

혹시라도 한밤에
내가 돌아올까 봐
창문을 열어놓고 잠을 잤다.

어느새 나는 늙어 있었다.
게다가 모질고 험한 병을 얻어
늙은 암癌쟁이가 되어 있었다.

나를 찾아 헤매는 이승의 나날도
이제는 얼마 남지 않았다.

참길 식구들에게

- 스승의 날을 앞두고

이 아침의 황금 햇살
살아 있다는 게 이렇게 유쾌한 것이구나

연초록 나뭇잎들이 저렇게 반짝이는 것도
이 아침 첫 햇살을 즐기는 것이구나

하늘을 봐라
웃고 있지 않느냐!

마당에 나가 햇빛 냄새를 맡으면
태초에 첫 하늘 열릴 때 입김이
말씀이 되어 들리는 아침

정말 조물주가 보시기에도
아름다웠겠구나

이런 날 아침에 그대를 그리며
그대와의 날들을 순식간에 생각한다
고마웠구나
그대를 만난 거, 세상에 와서 너를 만난 거
너도 이 아침의 햇살을 보려무나

내 사랑이 아무리 깊고 살뜰해도
저렇게 빛나는 햇살만은 못하느니
그대들에게 보낸다

이 아침의 환희를!

그리고 우리의 이별도 생각한다.

섬

이따금 보이는
섬이 있었네

망망대해 푸른 물 위로
우뚝 솟아올라 막아서는 섬

그 섬 너머 수평선을
삽시에 없애 버리고
버티고 서는 섬

어떻게 넘어야 할지
엄두가 나지 않는
하늘을 가리고
나타나는 섬

떠 있지 않고 뿌리를 내리고
당당히 서서 다가오는 섬

그 섬에다
지어놓은 성채를
하루아침에 잃어버린 그날 아침

나는 더 이상 갈 곳이 없었다
오늘까지

어떤 노숙자

노숙자였다
집을 떠나 보낸 청년의 때는
어떻게 지냈는지 아무도 모른다

그렇게 떠돌아다니며 만난 모든 사람을
그는 노숙자로 만들었다
직장을 떠나게 했고
생계수단도 없애버렸다
그들도 그들 가족을 떠나게 했고
땡전 한 푼 없는 헐렁한 비렁뱅이로
고향을 등지고 정처없이 돌아다니는
나그네였다. 거지떼같이…

나이는 서른쯤
학벌 따윈 없었고
무얼 붙들고 열공한 흔적도 없었다
외마디 소리로 무언가를 말했고
때로는 차근차근 말할 때도 있었다
아비는 촌마을의 가난한 목공이었고
어미는 애비 없는 자식으로 그를 낳았다

늘 배가 고팠고
나중에 그럴듯한 일을 할 때도
허겁지겁 먹었고 있는 대로 마셔댔다

그러다 죽었다
참혹한 형틀에 매달려 창에 찔려 죽었다
그런 그가
다시 살았다는 소문이 자자했다.
지금까지-

하일한담 夏日閑談

여름이 와서
마을의 늙은 낚시꾼을 못 살게 군다
낚시질 하자고
천렵은 어떠냐고

어쩌다 암에 걸려 내장 하나 빼앗기고
여든이 내일 모렌데 영감은 슬프다

강머리 산마루에 뭉게구름 일더니
소나기 한 줄기 좌르륵 쏟아지고
해는 서산으로 한 걸음도 안 간다

젊은 날 얄궂은 그림 온갖 것 모아 와서
여름이 외로운 노인을 진종일 놀려댄다

그때 그랬던가? 정말 미쳤었네

시골집 좁은 마당은 길냥이들 차지하고
사랑방 툇마루에 제멋대로 누워 잔다

여름은 좀처럼 가지 않을 기색인데
노인의 하루는 일각一刻이 여삼추如三秋다

산다는 것
결국 이렇게 지루함만 남는구나

4부
소록도 일기

소록도의 새벽

절망해 보지 않았던 사람들은
소망의 환희를 잘 모른다
두렵고 지루한 밤을 지난 사람들만이
새벽의 맥동을 감지할 수가 있다

밤이 있으므로 새벽이 있는 것처럼
그렇게 모든 것들의 현재성을 우리가
겸허히 인정했을 때
지금 우리들의 두려움은 무엇인가?
지금 우리들의 지루함 또한 무엇인가?

고통과 슬픔, 그것으로 하여
엇갈리는 우리들의 욕망 또한
이곳 서러운 사람들의 신비한 일상 속에서는
한갓 사치일 수도 있다는 것을 느끼지 않았던가?

비록 밤을 지나는 사람으로 우리가 있다고 하지만은
결코 새벽을 우리가 맛보지 않았다고는 말할 수 없다

이미 거창하지도 비장하지도 않고
아름답거나 경이롭지도 않게
엄청난 새벽의 확신을 가지고
살고 있는 사람들에게서
우리는 그것을 배웠지 않았는가!

소록일기 87년 여름

낙타의 눈이 비록 사슴의 눈처럼 영롱하지 못해도
낙타는 사막을 지나고
사슴은 그저 풀숲·나무 사이로나 바자닐 뿐이다

또한 낙타의 다리 역시
표범의 다리처럼 날렵하지 않지만
표범은 겨우 나무에나 오를 뿐
낙타는 그래도 사막을 지난다

낙타의 등어리를 눈여겨보라!
그러나 낙타는 그 혹으로 하여
사막의 갈증을 달랠 수 있느니…

사막을 지나는 눈은 침침할 수도 있다
사막을 지나는 다리는 절룩거릴 수도 있다
정녕, 사막을 지나고자 한다면 낙타가 혹을 지듯이
져야 할 그 무엇이 분명히 있다

'참길'은 낙타다
그래서 낙타는 사막에 산다.

소록일기 89년 여름

우리가 행복했을 때
어떤 이들은 불행했습니다
우리가 건강했을 때
어떤 이들은 불행했습니다

또 우리가 누림의 열락 속에 파묻혀 있을 때
그들은 그 눌림의 그늘에 가려져서
어떨 땐 우리의 취함이
그들의 포기가 되고
때로는 우리의 희열이
그들의 울음일 때도 있었습니다

이렇듯 소록의 여름은 어김없이 우리들에게
우리들이 가진 바에 대한 단호한 질문들로 우리를
당혹케 합니다

그래서
가난한 이들에 대한 부유한 사람들의 절제와
외로운 이들에 대한 즐거운 사람들의 위로와
약한 이들에 대한 강한 사람들의 협조와
눌린 이들에 대한 누르는 이들의 자성은
바로 우리들에게 퍼부어지는 영혼의 담금질입니다

소록일기 92년 여름

한두 마리의 제비가 날아왔다고 해서
누리에 봄이 완연한 것은 아니다

소록에서 보낸 우리들의 시간이
잠시 사랑의 열정으로 달아올랐다 해서
이 땅의 새 하늘이 열린 것은 아니다

언젠가 하늘이 스스로 문을 열고
메마른 땅을 적시지 않는 한
우리들의 흘린 땀으로
이 땅의 갈증이 풀리지 않을 게다

그러나
풀리지 않은 언 땅을 헤집고
불끈 솟아오르는 새싹 한 줄기에서
무성한 여름을 앞당겨 느끼는 것을
굳이 꿈이라고만 말할 수 없다

소록일기 94년 여름

소록도 사람들의 눈이 조금씩 멀어지자
별들이 안타까워 내려오기 시작했다
그래서 '소록'의 밤하늘은 유난히 찬란하다

그러나
소록도 사람들의 눈에 갇힌 별들이
그들의 막막한 가슴을 허비고 파서
소록도 앞자락은 눈물로 흥건하다

그러니까
소록은 눈으로 보고 그릴 것이 아니라
그 품에 안겨 소리로 듣는 거다

흐느끼듯 이어지는 먼 해조음부터
멍든 육신을 이끌고 퍼덕이는
그 영혼의 날갯짓까지…

소록에 깃든 저 찬란한 슬픔을 두고
누가 소록을 아름답다고 말하는가?

소록을 처음 찾았던 그해 봄에도
동백은 눈물처럼 떨어지지 않았던가

소록일기 95년 겨울

늘 떠나고 싶은 사람들을 붙들어 두는 곳
그러나 막상 떠난다 해도
돌아갈 고향을 잃은 지 오랜 사람들이
하나 둘 지쳐 별이 되어 떠오른 땅

아무리 큰 슬픔과 고통이 있다 해도
거기선 차마 말할 수 없는 곳
언제나 보이던 것들이 거기선 없어지고
분명히 없었던 것들이 불현듯 살아나서
영혼의 정수리를 뒤흔들며 나타나는 곳

비가 내려도 고이지 않고
가뭄에 타는 날에도 샘이 있는 곳
계절도 훌쩍 떠나지 못하고
지난해 여름이 겨울에 묻어 있고
앙상한 겨울에도 복사꽃이 피는 곳

아름다워 보일수록 슬퍼지는 땅
하늘과 땅이 맞닿지 않으면
도무지 자기 인생을 설명할 수 없는 사람들이
피를 태우며 살아가고 있는 땅

소록도!
그 섬에 가면
우리가 잃었던 모든 것들이 있고

또 우리가 가지고 있는 모든 것들이
정말로 초라하게 시들어 없어진다

소록일기 96년 겨울

- 겨울 섬에서

소록도 사람들은 쌀 한 톨을 나누어도
어느 쪽이 크고 작은가를 아랑곳하지 않고
정말로 똑같은가를 먼저 생각한다

참길은 나누기 위해 모으는 자의 길이며
나눔으로 하여 고통받는 이웃 때문에
한밤에 일어나 별을 찾는다

그래서
인생의 무게가 너무 무거워서
황혼을 절룩거리는
소록도 사람들에게 올해도 참길은
할말이 없다

얼마나 겨울이 지루했길래
소록도 동백은 두 번 피는가!

소록일기 97년 겨울
- 소록도 그리고 눈물

소록도
슬프지 않으려고 애쓰는 섬

눈물이 말라 슬플 수도 없는 사람들이
손가락이 닳도록 치장해 놓아
아름다울수록 서러워지는 섬

그래서
소록의 유난한 밤엔
금세라도 쏟아질 듯한 별들의 망울들이
낮게 매달려 글썽거리고 있다

소록도에는
눈물은 하늘에 올라 별이 되고
그 별들은 또 눈물을 씻느라
소록도 사람들은
이 땅의 슬픔을 위해 흘릴 눈물이 없다

소록도에 오면
아득히 멀리 있는 것들은 눈을 감고 본다는 것
눈 뜨고 잃어버린 것들은 눈 감고 찾는다는 것을
배우고 간다.

소록일기 2004년 여름

어젯밤 내려왔던 소록도 별 하나를
구북리 하늘 길에서 우연히 만났다

여보게
돌아가는 길에
내 고향 마을 지나거든
개울가 버드나무
아직 있는지 살펴보게

혹시
방죽 길에 늙은 아낙 하나
멍하니 앉아 있으면
내 누이일세

한밤에 쫓겨나던 오빠를 따라오며
언제 오냐고 울먹이던
그때 여섯 살이던 내 누이란 말일세

50년도 훨씬 전에

언젠가 이 섬의 한 많은 사람들이 하나 둘 훌쩍훌쩍
날아가 버리면
빈 소록도는 누가 지킬까?

그때는 별들이 내려와 살겠지…

소록일기 2008년 겨울

- 소록도, 겨울, 달밤에

달이 휘영청 익으면
소록도 바다는 멀찌감치 물러선다

바다가 밀려간 빈자리로
달빛 쏟아져 자욱하면
기슭을 보채던 그리움의 물결들은
참았던 이야기로 이랑을 판다

달빛에 바래 앙상한 외로움들이
깃들 곳을 찾아 돌틈을 헤맬 때쯤

바다는 다시 밀려와
그 아픔을 품는다

그 위로 눈이 내리고
이따금 바람도 불어 세월이 가고…

달빛에 젖었다가
별빛에 젖었다가
그렇게 있다, 소록도 앞바다는

소록도 가는 길에

또 다른 소록도가 있습니다
잘 살펴보면 우리 마음 한 곳에
그 섬이 있습니다

싫다고 밀어낸 것들
보기 흉해 덮어 버린 것
되도록 멀리 두고 잊고자 했던 것
거기 다 묻어두고 잊으려 했던 것

그렇게 버린 것들이 쌓여 있는 섬

우리 마음속 깊숙한 곳에는
감추고 싶은 섬 하나가
온갖 것 다 뒤집어쓰고
쓰레기통처럼 버려져 있습니다

들추지 않으면 보이지 않는
우리 마음속 그 은밀한 섬에는
우리가 두려워 외면한 것들이
고스란히 시퍼렇게 살아남아 있습니다

소록도 별

소록도 사람들 가슴속에는
별이 하나씩 깃들어 있다.

소록도 사람들이
이 섬에 올 때
육지에서 따라온
고향의 별들

어머니 별
아버지 별
오누이 별
동무들 별
어떤 이의 가슴속에는
아기별들도 스며 있어

소록도 하늘이 별을 안고
소록도 사람들의 눈을 감기면

소록도 사람들은
눈을 감고
눈 속의 별들과 밤을 새운다.

고향을
몰라서 못 가는 것이 아니라
고향을

알기 때문에 못 가는 사람들

고향 하늘에서
떠나온 별들이
소록도 밤하늘에 오르지 않고

소록도 사람들
가슴속에서만
비로소 빛을 밝히는
소록도 별은

낮에는
소록도 사람들 품속에 있다가
밤이면
고향의 하늘로 간다

눈물을 글썽이며
섬으로 온다

5부
항암 일기

항암기 1

어느새 해질녘이네

느닷없이 만난 비로
온몸이 시리다

숲길은 점점 어두워지고
일찍 나온 별들이 길을 가리키네

그 많은 날
'함부로 쏜 화살들'은
다 어디로 갔을까

이 숲길 끝나면
들판이 있다는데

거기선 미움도 꽃으로 피어나고
사랑도 그 속에서 함께 어울려 핀다는데,

외롭고 힘들지만
조금만 더 가다 보면
그 들판이 있다는 거 아직도 나는 믿네
들판을 거쳐 오는 오래된 바람이
되돌아서는 나를 돌려 세웠네
"보이지 않겠지만 굳게 믿어라"

언젠가, 마침내 거기 이르면
언제나 컬컬했던 내 영혼의 빈 잔에
밤마다 쓸어 모은 별빛을 담아
내 삶의 끝자락을 적시고 싶네

항암기 2

곧 동이 틀 거야

밤새 머금었던 어둠을 삼키고
숲이 날개를 펴면
자욱한 안개 사이로 새 날이 열릴 거야

추웠지
무서웠어
외로웠고
슬프기도 했지

갑자기 느닷없이 비까지 내렸으니…

그 빗소리 속에서 들었어

"아름다운 것은 사라지는 거야
슬픈 것들도 사라지는 것처럼
사라지는 곳으로 나아가는 것이 아름다운 거야
그렇게 사라지는 것들 속으로 나아가다 보면
우리가 가야 할 곳이 보이는 거야
아마 사라지지 않는 곳에 이르게 될지 몰라"

물안개 제치고 성큼성큼 호수를 건너오는 아침을 보며
그렇게 찾아올 새 날을 기다리며
힘들지만 이 길에 쓰러지지 않기를…

- 사랑이 서로를 쟁이지 않고
  증오의 그늘에도 꽃을 피우는 먼 산 너머
  까마득한 곳에 들판이 있네
  옳고 그름, 잘함 못함도 미처 생각지 못한
  먼 시간 너머에
  참으로 평화로운 들판이 있다네
  아, 언제쯤 그 들판에 이르러 그리움에
  젖은 영혼을 말릴 수 있을까 -

항암기 4

어둠에 묻혀 사라지는 빛들이
하늘 끝자락을 붙들고 펼쳐놓은 노을을 본다

얼마나 아름다운가?

다시는 열리지 않을 것 같은 문들
굳게 닫고, 다만 어두울 뿐
어디에도 빛의 흔적을 찾을 수 없을 때
어둠 속에 번지는 신새벽의 햇살!

장엄하지 않은가?

사라지는 것들의 아름다움은
결코 사라지지 않는 것들의 광휘光輝다

나는 이 지음 병상에서
사라지는 것들 속에 숨어 있는
불멸의 것을 보고 놀란다

항암기 6

뒷산 대숲에 늙은 어치 한 마리가
날마다 내 시골집 창문을 찾아온 지는 오래다
어쩌다 내가 병을 얻어 누운 지 며칠째 되는 아침에
늙은 어치가 내게 하고 간 말이다

"영감
힘들지?
그렇게 밥통 다 도려내고
고약한 약 먹느라 고생이 많아

그런데 영감
밥통 따위 하나 없는 것 가지고
쫄지 말게나

우리 새들을 보라구
새들은 오장육부를 되도록 작게 해서
하늘을 나는 걸세

새들은 결코 자기 날개보다
큰 몸집을 가지지 않지

그러니 영감
밥통에 매여 땅에 붙어 사는 인간들보다
세상을 박차고 날아오를 비상의 꿈을
이제부터 꾸게나

조금만 고생해
영감은 이제 하늘을 나는 새가 되는 거야

그때쯤 놀러와
뒷산 대숲에 내 오두막 알지?
한밤에는 별들도 종종 내려와
자고 가는 곳

그 별빛들이 남기고 간 조각들을 모아
내가 만들어놓은 쟁반이 하나 있지
늦은 밤 대숲에 걸려 반쯤 보이는 달

그 쟁반 수북이 그대 그리움 담아
아침이 넘어오는 산등성이 너머 있다는
영감이 그토록 열망하는 자유의 벌판 위에

아무리 모진 폭풍에도 흔들리지 않을
하늘보다 높고 푸른 연을 띄우게나"

늙은 어치가 날아간 빈 가지에
아침 햇살이 매달려 대롱거리고 있다.

사라짐의 동반자에게

그렇게 느닷없이
지름길로 와서
일상을 뒤흔들고
가자 하니

나도 나름
생각이 깊어져서
이번 걸음이 헛되게 해서
미안하이

쫄진 않았어

사실은
내 밭에 수확할 곡식이 있는 것도 아니고
세상에 걸쳐놓은 그럴듯한 일이 있는 것도 아니어서
선뜻 따라나설 수도 있었지만

그런데
그게 아니더군

공연히 못다한 일들이 있을 것 같고
이번은 때가 아니라는 생각이 들었어

누구나 그러지 않겠는가
같이 사라지자고 찾아온 친구를 보면

이 숲길 끝나는 곳까지 가고 싶다네
평화가 자욱한 아득한 들판이 있고
정의가 불의를 탓하지 않고
선함이 악함을 구분하지 않는 곳을 꼭 가보고 싶네

자네가 나를 어디로 데려갈지 몰라도
나는 그 들판이 있다는 것을 굳게 믿는다네

그 들판을 거쳐오는 바람
그 쪽으로 날아간 무수한 별들
그 빛 속을 걸었던 숲 속 길의 추억들…

그래서 멈칫거린 거네

좀 더 가보고 싶네
가다 지치면 숲속 어디쯤
오두막 하나 짓고
반가운 이웃들 만나는 기쁨으로
자네가 찾아올 시간을 기다리겠네

일부러 기다려 늦게 올 궁리는 안 해도 되네
그냥 서두르지 말고 때가 되면 오게나
다만 지름길로는 오지 말게

내 사라짐의 동반자여!

사랑하는 당신에게

- 2017년 1월 23일, 결혼 50주년에

당신의 숨소리
당신의 생명을 이어가는 그 숨소리
가만히 생각해 보니
그것조차도 나를 위한 것이었네요.

당신의 것 모든 것이
나를 위해 있었다는 걸 이제사 압니다.
사랑한다는 말로 다 할 수 없는
당신을 향한 내 고백 속에는
당신의 영혼, 그 영혼의 처음보다 더 오랜
당신의 맑음이 내 때문은 몸과 마음을
늘 씻어 깨워 주는 영원 같은 것에
내 삶의 의미가 있습니다.

당신으로 하여 내가 있게 된
나의 어제와 오늘 그리고 내일 속에는
당신의 사랑, 그 끝없는 용서와 기다림,
그리고 나의 모든 것에 대한 믿음, 절대의 신뢰를
나 역시 그렇게 굳게 지킬 겁니다.

내가 당신을 사랑하는 것
그것은 당신이 만들어준 내가
당신을 위해 하고 싶은 것들의 시작입니다.

이제부터 내가 찾아내는 당신의 모습은
오로지 당신과 나를 위해 미리 준비된
하나님의 은혜, 그분의 선물입니다.

얼마나 아름다운지
얼마나 행복한지는
이제부터 살아갈 우리 삶의 신비입니다.

당신은 내게 나의 숨소리가 되어
날마다 맞이하는 새 날의 첫 모금을 서로에게 먹여 주며
함께 일어나서 손잡고 창을 열고 첫 빛을 맞이합니다.
그렇게 당신은 나의 아침이 됩니다.

내게 당신은 빛이 되어 밝혀 줍니다
그 빛으로 밝힌 이웃들을 날마다 초대하고
그들의 피곤과 그분들의 분노까지도 정성껏 씻고
힘껏 빨아서 식탁을 언제나 풍성케 합니다.
그렇게 당신은 우리들의 잔치가 됩니다.

내게 당신은 어두운 밤의 별이 됩니다
밤이 깊어지면 촛불을 켜서
별들이 들어와 누운 방 안을 밝히고
그동안 내가 쓴 시들을 읽고
앞으로 또 쓰게 될 나의 노래를 예감하며
별들이 들려주는 이야기들을 들을 겁니다.

그렇게 당신은 우리의 안식이 됩니다.

내가 벼랑길을 비껴가게 하고
어둠에 익을 때까지 가는 길을 멈추었다가
별이 뜰 때까지 같이 기다려 주며
강을 건너고 바다를 지날 때는
섬이 되어 기슭을 내어주고
돛 폭을 부풀려 나갈 길을 열어 주는
별이었다가 바람이었다가
외로울 때는 동무가 되었습니다.

그 힘든 길, 얼마나 멀었습니까?
그 길을 함께하며 지켜준 당신이
지금도 내 곁에 이렇게 있음을
정말로 나는 고마워합니다.

사랑이라는 말로
당신의 지친 날개를 쉬게 할 수는 없지만은
당신을 바라보며 일어나고, 또 일어나서
이렇게 걷고 있는 나를 보며 위로받기 바랍니다.

사랑하는 그대
고마운 당신에게
이렇게 기대선 나는 참 행복합니다.

가을 잡가 雜歌

뒤뜰 소나무에 달 걸어 두고
마루에 앉아 별을 헨다
봄꽃 지듯 낙엽진 가지 끝에는
한 뼘쯤 나와 그리움이 피어 있다

그 무덥던 여름일까?
바람이 들려주고 간 먼 나라 이야기일까?
멀고 먼 나라에 있다는
그 들판이 그리워서일까?

'정의가 불의를 탓하지 않고
선함이 악함을 구분하지 않고
평화가 자욱한 아득한 들판'

나는 아직도 그 꿈에서 깨어나지 못해서
이렇게 가을밤을 홀로 새운다
탁배기 한 잔이 생각난다
같이 마셨던 친구들 생각도 난다

다 어디로 갔을까?
그곳에서 안녕한가?

가을밤은 짙어가고
창공의 별들도 겨울이 춥다

비雨꽃

비꽃이 있다는데 본 적 있는가?
비오는 날만 울면서 피는 비꽃이 있다는데
본 적 있는가?

비꽃은 들판에 피는 것이 아니라
사람들 마음속에 핀다는데
본 적 있는가?

그래서 비꽃의 색깔은 아무도 모른다
피우는 사람의 마음에 따라
그 색깔도 바뀐다 하니

슬픈색도 있고
기쁜색도 있을 거야

그 비꽃들이 모여서
한恨이 되어 내리면
서리꽃이 된다는 것도
눈꽃이 된다는 것도 사람들은 잘 몰라

정작 자기 마음속에 핀 꽃 이름도 몰라

그건 비꽃이야

둘인 나

미이라를 데리고 목욕탕에 갔다
가지 않고 늘어지는 녀석을 억지로 끌고 갔다

수십 년째 다닌 동네 목욕탕이라
웬만한 손님은 얼굴이 익다

놀라는 사람, 의아해하는 사람
그중엔 사연을 듣고 알고 있는 사람
미이라를 보는 눈이 각색이다

녀석은 창피한지 탕 속에 들어가 나올 생각이 없다
물결 따라 탕 속에 둥둥 떠서
이집트 왕의 흉내를 낸다

그래 왕이었어
누가 뭐래도 나는 왕이야
미이라를 보며 측은한 심정으로 혼자 중얼거렸다

안 나오려는 녀석의 손을 잡고 길을 걷는다
따스한 온기가 온몸을 감싼다

미이라 속은 썩을 것이 없다
이미 다 썩어 버릴 건 내다버렸다

내 위장을 잘라내어 버린 신비의 손들…

나는 말라가는 미이라와 함께 가는 것이 아니다
이집트의 어느 왕과
이 겨울 아침을 당당하게 걷고 있다

더 먼 곳에

하늘나라보다
더 멀고 먼 곳에
한 들판이 있다

사랑과 미움
정의와 불의가

서로 버성기지 않고
한데 어우러져
평화의 꽃이 되어 피어 있는 곳

구름 너머 별밭 건너 창공의 끝
그보다 더 먼 곳에
그 들판이 있다

이승과 저승의 인연을
다 넘어선 멀고 먼 그곳에서
나 그대를 만나고 싶네

신화와 전설도 닿을 수 없는
머나먼 그곳 시원始原의 들판에서

나 그대를 다시 보고 싶네

벗어나지 못한 꿈

꿈길을 나서자
그를 만났다

불어온 바람이
나왔던 문을 닫았다

그때부터
나는 돌아갈 곳이 없어졌다

'참길'

숲길은 어두웠고
건너온 강은 한결같이 사나웠고
들녘의 바람은 난폭하고 추웠다

밤마다 별들이 내려와
꿈을 지켰다

내 젊은 날의 대부분은 그렇게 지나갔다

소록 30년

아직도 나는 꿈길을 헤맨다

먼 훗날
소록도 밤하늘에
도무지 어울리지 않는
별 하나 떠 있을지 모른다

직립보행의 대가

직립보행의 대가가
이렇게 호될 줄이야

엎드려 다니는 동물들에겐 치질이 없다
치질을 앓아본 사람은 한 번쯤 생각한다
짐승들은 행복하다고…

어느 때부턴가
인간이 땅에서 손을 떼고
하늘을 향할 때부터
세상의 갖가지 욕망은
자립의 길을 괴롭혔다

직립과 자주自主, 자립自立
연상되는 말이다

자주가 치러야 할 단절의 아픔,
땅과의 별리別離가 가져온
찢어짐의 고통이
인간의 한계를 비록 넓혔다 하나

언제나 따라다니는 인력引力의 변수는
회귀의 본능을 일구어냈다

무엇이 지금 인류의 문명을

위협하고 있는가를
곰곰이 생각하면
인간의 직립 문명과 무관치 않다
대지大地를 떠나서
인간의 삶을 생각할 수 있는가?

치질痔疾의 고통처럼
지금 우리를 곤혹스럽게 하는
문명의 그늘에서
우리가 벗어날 수 있는 길은
대지를 향한 준엄한 반성이다

땅에서 손을 떼고
하늘을 향한다 해서
우리가 하늘 끝에 닿을 수는 없다

그러나
대지는 엎드려 손만 내밀면
따뜻한 온기를 느낄 수 있지 않은가

인간이 대지를 박차고
하늘을 향해 꼿꼿이 일어섰을 때부터
예고된 재앙 때문에

지금
지구는 치질을 앓고 있다

맨발로 가자

온 산골짜기 바위 틈에서
한 방울씩 배어나온 물방울들이
저렇듯 장강長江을 이루어 도도히 흐르더니
마침내 대양大洋에 이르러 넘실거리도다

바다가 밤새껏 씻은 태양을
수평선 위로 받들어 올리면
비로소 대지는 잠을 깨고
세상은 빛으로 충만해지나니

그렇게 시작하는
첫 하루인 설날
이 땅의 모든 사람들은 꿈을 꾸나니…

함께 어울려
새 날을 찬미하고
서로의 삶을 도와가며 살기를
엎드려 서로 절하며 염원하도다

그런데 어찌하여
그 순수를 해치고
불신과 탐욕으로 서로를 밀어내고
제자리마저 더럽히는 가증한 것들이
사람들의 삶을 어둡게 하는가

그 가증한 것들은
이제 가라
순수를 짓밟는 거짓을 걷고
첫날의 맨얼굴로 서로를 보자

모든 방편은 본래로 돌아가서
이념의 옷도 이제는 벗자

뜨거운 가슴으로 현재를 품고
미래의 창문을 함께 열자

빛 속에 스며 있는 우주의 신비를
한 톨의 밥알에서도 겸허히 찾아서
이웃의 것을 탐하지 말고
이웃의 터를 비워줄 줄 알며
그 이웃의 눈물을 내 것으로 여겨
평화의 뜨락으로
이 땅을 가꾸자

어둠의 일상을 안식케 하는
위로의 밤들이 있게 하고
낮 동안 일어난 모든 갈등을
어둠의 바다에 정갈히 씻어
이튿날의 햇살을 피어나게 하면
풀잎에 맺히는 이슬 방울 하나에도

세상의 갈증이 사라지지 않으랴?

그냥 일어나
맨얼굴로 마주 서자
첫 빛이 번지는 신선한 대지를
서로 손을 잡고
맨발로 가자

숨어 사는 재미란 모르는 소리다

안방에 불이 켜져 있으면
길고양이들이
마루문 앞을 떠나지 않는다

한겨울밤 자정이 넘어서도
마나님은 일어나 먹이를 준다

그동안 찾아온 길고양이가
새끼 치고 사라지며
8대에 걸쳐 있다

지금은 여덟 마리다

맨 처음 인연을 맺은 고양이가
'하夏하'다
여름에 온, 웃음을 주는 고양이라고

4월에 온 형제는
'사월'이와 '사달'이고
요즈음 막내 한 쌍이 '참깨'와 '들깨'다

하하는 어느 겨울밤
집에 손님이 많이 온 날
뒤안에서 울다 쓰러져 보는 데서 죽었다

아내가 울면서
뒤뜰 목련 밑에 묻었다

길고양이 먹이 값이 수월찮다
따져보니 내가 먹는 쌀값보다 많다

노처老妻는 버스값 1200원도 아끼느라
버스 노선을 갈아타고 대구 집에 가면서도
그 비싼 사료 값에는 늘 너그럽다

내가 병들어 자리보전을 하는 동안
하루 종일 집안에서 둘이 보내느라
무료하고 답답할 때
마당을 싸돌아다니는 녀석들이라도 있어
적적한 집 안에 생기가 돈다

길고양이 여덟 마리
17년째 어항에 웅크리고 있는
뒷못에서 온 남생이 두 마리
피라미, 납자루, 작은 붕어, 버들치,
돌고기 몇 마리가 시골집 식구다

아침저녁 내키는 대로 먹이 챙겨 주고
고양이 보면 고양이랑 놀고
남생이 자멱질할 때는 남생이랑 놀고

물고기 휘젓고 다니면 물고기와 놀고
처마 밑에 박새가 둥지 틀고 새끼 치면
들락거리는 새들 보고
하루해를 보낸다

그래도 사실은 늘 지루하고
외롭고 시시하다

사람들 속에 부대끼면서 사는 것
힘들지만 그게 삶이다

숨어서 사는 재미란 뭘 모르는 소리다

숲 속의 밤길

숲 속의 밤길은
하늘만 열려 있다

끝은 보이지 않고
길은 숨는다

하늘도 제 모습
다 보이지 않고

촘촘한 별들로
길을 가리킨다

어디서 불쑥
무엇이 나타날지

누구도 알 수 없는
신비의 늪을

휘젓고 걸어야 하는
숲 속의 밤길

더듬어 땅을 밟고
하늘로 가는 길

숲 속의 밤길은
별밭 속의 길이다

또 겨울밤

전등을 끄고 촛불을 켠다

어둠을 머금은 밝음이 방 안에 일렁거린다

전등 빛 속에서는 보이지 않던 것들이
촛불 속에 스물스물 드러나기 시작한다

지나간 시간들이 되돌아와서
그때의 사람들을 데려다 놓는다

헤어질 때 못다한 이야기들이
온 방 안에 두런거린다

촛불이 그 소리를 태우며 사위어 간다

촛불에 타서 재가 된 이야기들이
방 안 구석으로 몰려가 쌓인다

그리움이 말라버린 추억은 외로울 뿐
더 이상 아름답지도 않고 소중하지도 않다

윗목의 재처럼 풀풀 날리는
그냥 쓰레기다

겨울바람이 문풍지를 헤집고 들어와서
여며놓은 이불 밑을 파고든다

촛불이 꺼진다
춥다

내 나이가 어때서

왠지 자꾸 울적해져서
아픈 데도 없는데
마약성 진통제를 먹는다

잠시 기분이 풀리는 듯해서
몇 알을 더 먹었다
아하! 이래서 약물에 중독되는구나

처방해준 의사 말로는
염려할 바 아니라지만
하얀 알약이 신경에 거슬린다
어쩔 수 없이 또 먹었다

밤도 깊었고 몸도 나른하다
잠은 오지 않아
정신을 가다듬고 글을 써본다
메마른 생각들이 서로 다툰다

그저께 청도장에 놀러갔다가
헛다리 짚고 발목을 접질렀다
절룩거리며 방, 마루를 들락거리는 꼴이
내가 봐도 가관이다

조심해서 걸었는데도
헛다리를 짚다니

허기야 이제까지
내가 헛짚고 넘어진 일이
얼마나 많았는가

아직도 이렇게 제정신을 못 찾아
헤매는 꼴이 가소롭다

왕년에 마시던 술 생각이 난다
진통제 먹듯 마셔댄 술에
내 몸이 상했다

헛다리 짚고
절룩거리고
술 퍼마시고
비틀거리며
살아온 날들이 뭐가 그리 그리울까

그때의 추억 따위로 끝나야 할
내 삶의 정산精算이 서글프기 짝이 없다

그래도 일어서야지
이렇게 끝나기엔
꿈이 너무 시퍼렇다
아직은 내 세월이 얼마 남지 않았겠는가

요 며칠 사이엔 몸도 몹시 근지럽다
바싹 마른 몸에 긁은 자국이 지저분하고
눈까지 침침하니
얼마나 짜증이 났겠는가

불쌍하다
정노인
그래도 힘내시라

내일은 또 내일의 태양이
뜬다지 않는가

4월에

잎보다 먼저 꽃을 피우고
잎보다 먼저 꽃이 진다

겨울은 지루했고
어둡고 추웠다

목련은 그 겨울을 봄에 앓는다
겨울 동안 꽃망울을 지켜온 가지들이
부드러운 봄바람도 견디지 못하고
꽃잎을 하나씩 놓치고 만다

목련이 흩어진 뒤뜰에 앉아
그렇게 살다 간 사람들을 생각한다
그들이 남기고 간 꽃잎들이
역사의 뜨락에 뒹굴고 있다

한겨울 칼바람을 맨몸으로 맞으며
시대의 아침을 향해 걸어간 사람들
지금 우리에게로 오고 있을 사람들

잎보다 먼저 꽃을 피우고
잎보다 먼저 쓰러진 사람들이
바람에 띄워놓은 꽃들의 향기가

봄을 앓게 한다

봄이 아프다
목련은 저렇게 지고…

사순절의 시상 詩想

숲 속에는 작은 것들이 살고 있다

작은 것들 속에는
작은 것들만의 신비가 있다
작은 것들의 아름다움은
그 신비가 자아내는 생명의 향기다

작은 것들 속에는
지극히 작은 것으로 가는
소멸消滅의 길이 있다

작고 작아져서
마침내 없어지면
더 작은 것으로
또다시 돌아와서
작은 것들은 불멸不滅의 시작이 된다

가짐과 누림으로
날마다 자라는 것들 속에서
작은 것들은
그렇게 커진 것들의 끝이 된다

작은 것들을 내세워
크고자 하는 것들이
작은 것들을 찾아

숲 속을 뒤질 때
작은 것들은 바람에 실려
하늘 멀리 멀어져 별이 된다

가질 수 없고
누릴 수도 없는
작고 먼 별이 되어
사라지기 시작한다

사라진 별들의 빛이
숲 속을 찾아 다시 오면
그 빛들은 꿈이 된다

작아지면서
나누고
사라지며
자유自由 하면서
작은 것들이 해방된
숲 속의 빈터는
별들이 지킨다